ハヤカワ文庫SF
〈SF2467〉

宇宙英雄ローダン・シリーズ〈729〉

トプシドの秘密兵器

ロベルト・フェルトホフ&H・G・フランシス

林　啓子訳

早川書房

9125

PERRY RHODAN
BOMBEN FÜR TOPSID
DIE SPUR DER HALUTER
by

Robert Feldhoff
H. G. Francis

Translated by
Keiko Hayashi
First published 2025 in Japan by
HAYAKAWA PUBLISHING, INC.
This book is published in Japan by
arrangement with
HEINRICH BAUER VERLAG KG, HAMBURG, GERMANY
through JAPAN UNI AGENCY, INC., TOKYO.

目次

トプシドの秘密兵器

トプシドの秘密兵器

ロベルト・フェルトホフ

登場人物

ペリー・ローダン……………………銀河系船団最高指揮官
レジナルド・ブル（ブリー）………《シマロン》指揮官
イアン・ロングウィン………………同首席操縦士
ラランド・ミシュコム………………同副操縦士
グッキー……………………………ネズミ＝ビーバー
シュルクメス………………………村の律法学者。守護星の番人
トルクレク＝アヌル………………トルクレク＝フン帝国の皇帝
ガルクマルン＝ピット……………同内務副大臣
ケイシャ……………………………同内務副大臣付きの秘書
クムルコ＝キム……………………グラグコル＝グメン同盟の独裁者
ガルブレイス・デイトン…………最高位ギャラクティカー

1　プロローグ

わたしは、〝システム〟によって遣わされた。

暗殺者としてではない……いまはまだ。

むしろ、使者あるいは伝令としてだ。

サイボーグは笑みを浮かべた。それが笑みと呼ぶべきものならば。どの微笑にも苦悩が潜む。人はそういうが、はたして本当だろうか。

本当だとも。おのれの一部がそう主張する。どうでもいいことだ。ほかの一部がそう主張する。

そして、最初に主張した一部が沈黙した。苦悩が増していく。まるで、そのすべてに力が奪われるようだ……微笑が人工の顔にさらに深く刻まれる。

サイボーグは、声をたてて笑いはじめた。

笑いたくないのに、内なる葛藤がそうさせる。そもそも、わたし、ガルブレイス・デイトンは欠陥品なのだ。

それとも、すべてがただの夢なのか？

夢は希望。

目ざめれば、果てしなき苦悩がつづく。

2 守護星

　はるか高く、アークの塔の梁間（はりま）を、冷たく湿った風が吹きぬけた。朽ちはてた木々が軋（きし）む音がする……ときおり、いまにも屋根が半分崩れおちるかのような音が轟（とどろ）いた。

　いや。シュルクメスは思った。屋根が崩壊したことはこれまで一度もない。少なくとも、エンシュゲルド＝アーク連合の歴史が記録されている四百年のあいだには……この塔は当初からここに存在する。それ以来、毎年ここで儀式が執りおこなわれているのだ。

　この塔で命を落とした者は、だれひとりとしていない。

　それでも、男はいつも不安げに塔を見あげる。もしかしたら、板のひとつがゆるんでいるかもしれない。

　よりによって男を選んだのは、村の長老たちだった。いまや、男は候補者のひとりだ。自分のほかにアーク人九十名。たくさんの平たいトカゲ頭、伏し目がちの禿頭（とくとう）が、周囲をとりかこむ。鼻をつく悪臭が漂っていた。

「大祭司の言葉を聞くがいい！」侍従のひとりが叫んだ。

シュルクメスは息をのんだ。大祭司は無言で前に進みでると、握りしめた片手を前に伸ばし、もういっぽうの腕を高く掲げた。

「はじまるぞ！」侍従がいっせいに叫んだ。

からっぽの手から青いトリンクマンクが舞いあがった。鳥は人々の頭上、屋根を支える骨組みのすぐ下をおちつかないようすで飛ぶ。大きさは、羽を広げた状態で人の頭と同じくらいだ。だれの上にとまるだろうか？　古いしきたりにしたがい、だれが守護星の番人に選ばれるのか？

自分ではない。シュルクメスは思った。わたしだけはちがう！　自分はしがない律法学者であって、冒険家ではない。トルクレク＝フン帝国の手先どもにどうやって対抗しろというのか？　あるいはグラグコル＝グメン同盟を相手に。それは、自分よりも有能なアーク人にしかできないことだ。

トリンクマンクは、よくしつけられていた。すでに恐怖心がなくなったようだ。動きがおちついたことで、そうとわかった。飛びながら、糞をばらまいている。シュルクメスは不快そうに口をゆがめた。それでもたちまち、懸命に笑いをこらえる。糞が侍従ふたりに命中したからだ。

数秒ほど、鳥は風に身をゆだねていたが、やがて下降した。

シュルクメスは身をかがめた。

「機は熟した！」大祭司が叫ぶ。「四百年めの儀式もこれで完了だ！　用意はいいか！　外では冒険が待っている……そなたたちのうちのだれかひとりを待ちうけているのだ！」

「なんという名誉なのか！」侍従たちが叫んだ。

とはいえ、かれらのだれも選ばれることはないだろう。シュルクメスは冷ややかに考えた。大祭司とその侍従たちは、頭上に棘のある傘をひろげている。なんという皮肉なのか。そうなると、トリンクマンクが狙えるのは、ひたすら謙虚にこうべを垂れたふつうのアーク人だけ。褐色や黒の鱗でおおわれた者たちのだれかに、あの鳥は舞いおりるだろう。

シュルクメスは怒りを覚えた。

自分はただの律法学者にすぎない！　だれが、祭司たちにこのような権利を与えたのか？　結局のところ、混沌とした時代は終わりを告げた……いまでは鉄道、致命的武器、そして厳格な掟が存在する……とはいえ、それだけでは充分ではない。エンシュゲルド＝アーク連合の真の支配者は三頭政治メンバーではなく、大祭司たちなのだ。

悪態をつく。

まるで、その音がトリンクマンクを引きよせたかのようだ。鳥が頭上で狭い円を描きはじめる。シュルクメスはじっとそれを見つめた。これにより、こうべを垂れたほかのだれよりも目だってしまった。もう手遅れだ。

人々はほとんど身をかがめた姿勢のまま、羨望と嫉妬の入りまじった目で男を見つめている。

「機は熟した！」大祭司が叫んだ。棘のついた傘をおろすと、それを祭壇のうしろにほうりこむ。「鳥が選んだのだ！」

「鳥が選んだのだ！」侍従たちが応じた。

その瞬間、トリンクマンクが舞いおりた。シュルクメスは、眉間が鉤爪で引っぱられるのを感じた。実際、いまとなっては手遅れだった。

*

大祭司に連れられ、塔の奥に向かった。そこは礼拝準備室として使われている小部屋だった。室内には実用的とはいえない物が散らばっている。祭司は、手早く戸棚ふたつを片づけ、そのうちのひとつにもたれかかった。

シュルクメスは、向かいの席に腰をおろす。

突然、大祭司の雰囲気が一変した。まるで一瞬のうちに、熱狂的信者が父親のような友になったかのごとく。

「状況はわかるな」祭司が口をひらいた。「守護星は種族のあいだで広く信仰されている。さらにいえば、それがエンシュゲルド＝アーク連合をひとつにまとめている……」

「わかっていますとも！」シュルクメスが不機嫌に返した。「律法学者ですから！」

「もちろんだ」大祭司がとりなすようにいった。「とはいえ、きみはかくれ不信心者だ。否定しなくていい！　そう確信していなければ、きみとこの話をする必要さえなかった。わたしはただ、きみがすべきことを教えたいだけ。トリンクマンクに選ばれた者は守護星とともに十週間の旅に出る。それが、数百年にわたるしきたりだ。だれもこれにあらがうことはできない。そして時がくれば、守護星はそれを保持者に告げる」

「どういうことです？」シュルクメスは急に興味を引かれた。大祭司は、律法学者の自分も知らないことを暴露しようというのか。「守護星が話すことができるとでも？」

大祭司は窓辺に近づき、申しわけなさそうに外の嵐を見つめた。「なんともいえない。ただ、その可能性はある。話す物体について、だれもが一度は耳にしたことがあるだろう。大昔の遺物の話だ……だが正直なところ、守護星が語りかけてきたことはこれまで一度もない」

「つまり、わたしはただそのしきたりのために旅に出なければならないと？」

「そのとおりだ。古い価値観は守らなければ」

「いやです」

「拒否してもむだだ。あらがえば、侍従たちに生きたまま引きさかれるだろう。たとえ、その手を逃れたとしても、暴徒たちに捕まる。だれもがみな、きみよりも信心深いのだ」

「そして、あなたよりも？」

「またもや、そのとおりだ！」大祭司は笑いながら応じた。「だが、それは重要ではない。われわれ、エンシュゲルド＝アーク連合の政治的安泰を守らなければ。まさにいま、それが危険にさらされているのだ。おそらく、きみも察しのとおり……」

「わたしなりに思うところはあります」シュルクメスが認めた。

「トルクレク＝フン帝国とグラグコル＝グメン同盟は、まもなく戦争に突入する。われらが連合は距離を置き、独自の道を歩みつづけたい。だが万一、両者のどちらかに守護星が奪われたなら、われわれは危機的状況におちいるだろう」

シュルクメスは、かぶりを振るしかなかった。なんと無謀なことか。

「ならば、すべてはなんのためですか？」律法学者は訊いた。「なぜそのようなリスクを冒す必要が？　わたしは村にもどりたいのです」

「それがしきたりだからだ」大祭司が容赦なく告げた。

「連合の独立は、古いしきたりよりも価値がないと？」

「そのとおりだ」そっけない返答がある。「きみは十週間、放浪の旅に出なければならない。信心深いアーク人は、だれもきみに手を貸そうとはしないだろう。それを禁じる神々の怒りを恐れているから」

シュルクメスが悪態をつく。

大祭司は驚いたように両手で耳を押さえ、部屋を跳びだした。

滑稽ではないか。シュルクメスは腹だたしげに思った。この状況を変えられるかもしれない唯一の人物は、偽善にまみれながらも、率直にものをいうには臆病すぎるようだ。

律法学者は運命を受けいれ、部屋を出た。

侍従たちは守護星をシュルクメスの頸にかけ、かれらだけがほどける結び目で固定した。その鎖は、だれも引きさくことができない。

「つねにこの守護星を誇り高く掲げよ！」大祭司が告げた。「守護星の保持者だと、だれもがわかるように！」

侍従のひとりがドアを開けた。冷たく湿った風が吹きこむ。

シュルクメスは出発した。

ところが、背後から叫び声に引きとめられる。

「待て！　まだ、なにかが欠けているぞ！」大祭司の声だ。

するとこの瞬間、羽音が聞こえる。頭上にトリンクマンクが舞いおりた。

3 追跡

　周囲の村々の住民が塔をとりかこむように立っていた。だれもが、男を聖者のごとく見つめる……なかには同情の目もあった。自分は選ばれてしまった。シュルクメスは不満をつのらせた。村の長老たちによって選出されただけでなく、候補者九十名のなかから最終的に守護星の保持者として選ばれてしまったのだ。

　命の危険が迫っているのか？

　突然、頸からさがる守護星が重い石のように感じられた。それをだれもが見えるようにしなければならない。それが古くからのしきたりだ。無意識のうちに群衆のなかをかがむように歩いた。どこに向かうべきか？　まずは可能なかぎり遠くへ。かつて選ばれた者たちは、十週間にわたる放浪の旅をぶじに終えていた。だが自分の場合は、皇帝トルクレク＝アヌルの手先や帝国の密使があとをつけてくるだろう。おそらく、グラグコル＝グメン同盟の兵士たちも……

　シュルクメスは次の市場へと向かった。そこではもうほとんど注目を集めることはない。近くに村じゅうの人々が集まっていた。あちこちから興奮した声が聞こえてくる。男は市場の出店から欲しい食べ物をとり、大きな袋に詰めこんだ。だれもそれをはばむ者はいない。選ばれし者に代金を要求するアーク人などいないのだ。積極的支援は禁じられていたが。

「おい！　そこのきみ！」

シュルクメスは驚いて振りかえった。

小屋のあいだから、異国風のいでたちの五つのシルエットがあらわれる。アーク人ではない。惑星の別の地域からきたトプシダーだ。マントの下のベルトには、銃と弾薬が装備されているのだろう。

五人のうちのひとりが、奇妙な装置を掲げた。

銃ではない。シュルクメスにはわかった。なにか別のしろものだ。それはカメラだった。写真を撮られたのだ。

シュルクメスはすぐに反応した。

踵を返し、人混みにまぎれこむ。頭上をトリンクマンクが旋回していた。鳥が自分を見失うことはないだろう。この雑踏のなかでかんたんに逃げられるだろうか？　いや……きっと無理だ。シュルクメスは膝をつき、進行方向を変えると、男たちが通りすぎるのを待つことにした。

数秒後、五名がかたわらを通りすぎる。

慎重に立ちあがり、市場をあとにした。

とにかく、ここからはなれなければ。シュルクメスは考えた。南につづく峠のひとつを越えるのが最良だろう。

*

もよりの町は、ガンブカストと呼ばれていた。

シュルクメスは、山頂から町を見おろし、ようすをうかがった。ここからは四つの出入口のうちのふたつと、町の外壁の大部分を見わたせる。鉄道の線路が、高さ五メートルの壁をつらぬく場所もあった。線路はまっすぐ反対側に抜けていく。

ぼんやりと袋からパンをとりだしてかじった。なぜ、どの門にも歩哨が十名立っているのか？　もちろん、どの町でも門はつねに混みあう。ガンブカストでもそれは同じこと。とはいえ、それぞれの門に立つアーク人十名が気にかかる。いや、きっとアーク人ではない。ひょっとしたら、皇帝トルクレク＝アヌルの兵士が変装しているのかもしれない。

このときはじめて、状況の深刻さを理解した。

少なくともトルクレク＝フン帝国は、守護星を手に入れたがっている。もし、わたしがそれをかれらに渡したらどうなるのか？　もし、この結び目がほどけたなら？　同胞、アーク人のことならよく知っている。一生をかけてもわたしを探しだそうとするだろう。そうなれば、後悔するに決まっている。

とはいえ、皇帝トルクレク＝アヌルが守護星を本当に欲しているなら、すぐにでもこの地域全体を捜索するはず。ここから早く立ちさらなければ。

歩いていては、間に合わない。

もしかしたら、あの飛翔機を利用できるかもしれない。よく空からおりてくる、轟音をたてる地獄のマシンだ。雲の下を漂う自分を想像した。銀色の翼の上にしっかりと縛りつけられ、目の前にはパイロット、背後には尾翼……

まるでトリンクマンクだ！

いや、それは不可能だ。飛翔機の監視はもっとも厳重だろうから。おまけに、十週間にわたる放浪の旅のあいだ、アーク人の助けは期待できない。

シュルクメスは、少なくとも掟のひとつを破ることにした。守護星をかくすのだ。ただちに決意し、マントを上に引っぱりあげると頸もとまで完全におおった。すぐにこうすべきだった。内心、恥じた。自分のなかにも、迷信がわずかにのこっていたとは。

「いまいましい……」律法学者はつぶやいた。

頭上では、トリンクマンクが羽ばたく。高さ百メートルまで上昇すると、そこからゆっくりと滑空しはじめた。鳥を絞めころしてやりたいくらいだ。

守護星はかくせる。だが、鳥はかくせない。

とはいえ、トリンクマンクは訓練された鳥だ。予測がつく。シュルクメスは姿勢を正し、こうべを垂れた。アークの塔でほとんど全員がそうしていたように。実際、二分もしないうちに、トリンクマンクが舞いおり、眉間にとまった。

いまだ！ 焦（あせ）らずに動け。

おもむろに、頭の高さまで腕を持ちあげると、容赦なく鳥を捕まえた。シュルクメスは勝利の雄叫（おたけ）びをあげた。鳥を捕まえたのだ！

この鳥のせいで、自分はこのようなひどい状況におちいった。鳥は信頼しきったようすで、その大きな目をこちらに向けている。少なくとも、シュルクメスはそう思いたかった……鳥を殺すことはできない。わたしは律法学者であって、虐待者ではない。これからの十週間、仲間が必要だ。

とはいえ、リスクが大きすぎる。

そこで、ちいさな袋をとりだすと、鳥のはかなげな翼を押しこみ、それをリュックにしまった。試してみよう。

町を大きく迂回した。予想どおりだ。四つの門はすべて監視されていた。雑踏のなか、つねに兵士十名が立ち、周囲の人々を監視している。

町の東側は、密林におおわれていた。

ここなら試してみる価値はありそうだ。シュルクメスは決意し、枝が外壁の上まで伸びる木のひとつによじ登ると、壁を乗りこえた。音をたてずに、狭い縁におりたつ。数メートル下には路地がはしる。こちらを見あげる者はひとりもいない。だれもが自分のことでいそがしそうだ。

向かいのレンガ造りの家から、美しいアーク人の女がこちらを見ていた。興味をひかれたようだが、警戒するようすはない。いや、女は騒がないだろう。シュルクメスはそう思った。さもなければ、向こうに行って相手の頸を絞めるだけだ。女に向かって、こぶしを振りあげてみせる。女は身をすくませ、窓のシャッターのうしろにかくれた。

シュルクメスは意を決し、跳びおりることにした。

鍛えていなくとも、脚と尾は強靭だ。路地では子供が数名、遊んでいるだけ。いまだ！　跳びおりると、痛みをこらえつつ、硬い舗道に着地した。

子供たちが興味津々でこちらを見つめている。

シュルクメスは自制し、立ちあがると、

「じろじろ見るんじゃない！」と叫んだ。「さっさと、向こうに行け！」

振りかえり、進む方向を見さだめると、すみやかに路地に消えた。さて、これからどうする？　飛翔機はもう考慮に入れない。のこるは鉄道だけだ。もっとも、今日はもう無理だろう。あたりはすでに暗い。

往来は絶え、町の喧騒もしだいにおさまっていった。

*

どこで寝ようか？

大祭司は当然のことながら、金を持たせることを忘れていた。そして律法学者の自分に、現金の持ちあわせはない。やっとのことで、ガンブカストの中心地付近に適当な場所を見つけた。周囲は古びた家ばかりで、荒れはてている。

シュルクメスはほっとした。これでもう、あてどなく町を歩きまわらなくてすむ。目だつのが怖かった。

そこでは、葉の茂った枝が屋根のごとく、道の上に張りだしていた。これなら、冷たい風をいくらかしのげそうだ。シュルクメスは疲れはて、木の幹にもたれかかった。いますぐにでも自分のベッドに倒れこみたい。朝になれば、いくつかの古文書が待ちうけ、地元新聞のために記事を書き、村の長老たちの役にたつことをする。大都市をはなれた田舎生活は、快適で平穏だ……

だが、いまはガンブカストにいる。

ここでようやく、リュックのなかに押しこんだちいさなトリンクマンクのことを思いだした。リュックのとめ具をはずし、慎重に小袋をとりだすと鳥をはなす。「夜だよ」と、ささやきかけた。「少し飛びまわって餌を探してきたらどうだ。朝になったら、また捕まえるから」

トリンクマンクは、ふらふらと空に舞いあがった。飛びかたはすぐに安定し、頭上の木にとまる。

物音に、シュルクメスは身をすくめた。

暗闇のなか、隣りの幹にもうひとり、アーク人がいるのに気づく。

「トリンクマンクを飼っているのか？」男がしゃがれ声でいった。「あんたは重要人物にちがいない……」すると、さらに疑わしげに言葉をつづける。「ここでなにをしている？」

シュルクメスの目が暗闇に慣れてきた。相手は年配で、かなりよぼよぼのようだ。衣服はぼろぼろで、これではほとんど暖をとれないだろう。なにかに押しとどめられ、シュルクメスはその場から逃げだせない。

「わたしは、グンヌク」嘘をついた。「裕福でも重要人物でもない。ただのしがない律法学者だ。不運にも、ここが今夜の宿となった」

「なるほど」

年配の男は疑わしげに唸った。「律法学者がトリンクマンクを飼えるわけがない。だが、かまわないさ。ここにいろ。じゃまにはならん」

「そうさせてもらう。あなたの名前は？」

「プロッホだ」

「ここは安全なのか？」

「ああ、安全だ。ただし、地面は固いがな。さ、静かにしてくれ。もう眠りたい」

シュルクメスは口をつぐんだ。ほかにいうべきこともない。頭の片隅でわかっていた。プロッホは信用ならない。この男にトリンクマンクを見られてしまった。だが、気にすることもないだろう。

シュルクメスは、大祭司とその手下たちの夢を見た。地面に押したおされ、力いっぱい手足を押さえつけられる。尻尾さえ動かせない。動かせれば、振りはらえるのに。

「守護星を押さえつけろ！」大祭司が手下に命じた。「しっかりと……もっと強く……」その声は鋭くヒステリックで、まるい目がいまにも頭蓋から飛びだしそうだ。

「やめろ！」シュルクメスは混乱におちいり、叫んだ。なぜ、頸を押さえつけるのか？なんのために？

やがて、大祭司の声は消えた。

それでも、頸に感じる力は消えない。シュルクメスは左の耳もとに息がかかるのを感じた。腕が押さえつけられている。目が覚めた。

年配の男だ！　気づくべきだった。腕に感じる重さは、プロッホの膝だ。これで動けなかったのだ。シュルクメスは軽いパニックに襲われ、からだを跳ねあげた。相手を振りはらい、腹部に数回蹴りを入れると、地面に投げつける。

「卑しい盗人め！」怒りをこめてののしった。「なにも持っていないといったはずだ！」

「トリンクマンクを……」プロッホがうめいた。「トリンクマンクを持つのは、金持ちだけだ……」

「愚かな老いぼれめ！」

シュルクメスは散らばった荷物をかきあつめ、リュックをていねいに縛りなおすと、ふたたび出発した。プロッホは動かない。あれほど年老いたトプシダーが回復するには、時間がかかるだろう。とはいえ、いずれ追われることになる。プロッホはためらわずに、この情報を皇帝トルクレク＝アヌルの兵士に売りわたすにちがいない

ふたたび悪態をつく。

すると、頭上で羽ばたく音がした。わかっている。トリンクマンクは厄介ごとをもたらす。このいまいましい守護星は、それ以上に厄介だ。十週間がどれほどの意味を持つか、ようやく理解した。

シュルクメスはトリンクマンクを捕まえ、そのちいさなからだをリュックに押しこんだ。

＊

夜明けが近づいていた。まもなく白色恒星とその紫色の伴星が昇り、色とりどりの光がガンブカストの町を照らすだろう。町の住民たちが目を覚まし、ふたたび通りを行きかい、それぞれの職場にもどっていく。

それまでに列車に乗りこむつもりだ。

夜が明けた……

郵便列車が動きだす時間だ。駅まで遠くない。シュルクメスはフェンスに囲まれた線路をたどった。巨大な駅舎は容易に見つかった。

そこも警備兵が封鎖していた。封鎖というのは正しい表現ではない。だれでも自由に出入りできるから。とはいえ、シュルクメスにとってはそうではない。アーク人に扮したひとりが写真を掲げ、ときおり、通行人の顔と照らしあわせている。

別の手を探さなければ。

シュルクメスは駅舎のまわりを半時間も徘徊した。結局、有効な手段はこれしかないと悟る。数百メートル引きかえし、見はらしがきかない場所でフェンスを越えた。そして、かがみこみながら線路に沿って進む。いまはただ、列車がこないことを祈るばかりだ。もしきたなら、鉄の怪物に轢かれてしまうだろう。

小声で悪態をついた。すべてはひと月前、村からこっそり逃げだすのが遅すぎたせいだ。

背後からかすかな音が近づいてきた。数秒もたたないうちに、はっきりしたシューという音に変わり、やがて低いうなり声に変わった。列車だ！ 本当に列車がきたのだ！選択肢はもうない。人目のない場所を見つけてフェンスを乗りこえる時間はなかった。だが、駅舎は近くにある。あと数百メートル。全力疾走すれば数秒の距離だ……

シュルクメスは走りだした。

途中でリュックを落としてしまう。驚いて立ちどまり、引きかえした。なにがそのような無謀な行動に駆りたてたのか、自分でもわからない。もしかしたら、トリンクマンクのせいかもしれない。あの鳥に、愛着が湧いたとでもいうのか。

列車は最後のカーブを曲がるところだった。シュルクメスはリュックを肩にかけた。枕木から枕木へと跳びはね、駅へと近づく。足もとのレールが振動する。振りかえる勇気はない。運転士にはもう姿を見られているだろうが、いざとなれば、うっかり時間を忘れてしまった線路作業員で通せばいい……

気づいているならば、なぜ列車は停止しないのか？

あと数メートルだ。

シュルクメスは最後の力を振りしぼった。尻尾を使って勢いをつけ、同時にジャンプし、プラットフォームに着地する。すぐ隣りで、蒸気を吹きあげながら機関車が轟音とともに入ってきた。だから、とまらないのか！　このような巨大な鉄の塊りをすぐに停止させるのは不可能だ。

運がよかった。あとは、かくれ場を見つけるだけ。乗務員がこの件を報告しようと考えないといいのだが。仮にそうなった場合……それまでに姿を消さなければ。

鋭い金属音が駅舎内に響いた。長い列車がゆっくりと停止しはじめる。最後のひと押しで、列車が完全に停車した。客車に乗りこむべきか？　切符を買うなど論外だ。この状況では危険すぎる。

列車については、かなりの知識がある。それがいま、役にたたないわけがない。律法学者である自分には、かならず活かせるはず……そして実際、思いだした。列車の技術構造についての知識だ。客車は、強力な可動式サスペンションつき車軸の上にのっている。飛び石から守るために、底部には金網が張られていた。

シュルクメスは瞬時に決断した。ホームがにぎわいはじめている。時間がない。

広い隙間に跳びこんだ。そこにかくれたレールに身をかがめ、最後尾の車輛の下に潜りこむ。実際、金網の目は充分に細かい。それは底面全体と車軸をおおっていた。

空間は充分にあるか？　そうだ……少なくとも、旅の快適さを求めなければ。リュックを隙間に押しこみ、つづいて自分も潜りこんだ。これで、目的地に到着するまでトリンクマンクは餌なしで過ごさなければならない。できるだけ、遠くに行くつもりだ。遠くに行けば行くほど、安全だから。

あとは実際、列車がどこに向かうかが重要だ。

おそらくアークの辺境地域か。あるいは、エンシュゲルド＝アーク連合のほかの国に向かうのか。場合によっては、せまいかくれ場から出られるまで、長い旅路がつづくかもしれない。

とうとう、偶然が好奇心を満たした。

「乗客のみなさま！」駅長が最新の音響装置を通して叫んだ。「さがってください！　二分後、フンナク行きの郵便列車が出発します！」

フンナク！　胸が高鳴った。アークじゅうどこにいても、捜索されるだろう。だが、フンナク、つまりトルクレク＝フン帝国の首都なら安全だ。下層民、スラム街、着飾った富裕層、軍隊にまぎれ、だれでも身をかくすことができる。

シュルクメスは、勝利の雄叫びをあげた。

その声は、機関車の轟音にかき消された。出発だ！　金網の下を次々と枕木が飛びさっていく。旅のはじまりから早くも、これまでにないほど激しく揺さぶられた。シュルクメスは自制を失い、悪態をついた。なにに巻きこまれてしまったのだろうか？　危険だとわかっていたはずなのに。

4　地獄のはじまり

かれらに天国を約束された。

かれらは、すべての者のために天国を築くと誓う。

そして、わたしはかれらを信じるしかない。選択の余地はないのだ。

わたしが選べるのは、無か、わずかな希望か。そのふたつだけ。

希望を選ぶ。それがおのれの信条であり、いつもそうして生きてきた。

すると、右腕を切りおとされた。

冷静にただ見つめる。その必要性を理解していた。痛みは薬で遮断されている。とはいえ、疑念をさえぎるものはなにもない。

あらたな腕は、金属とプラスティックでできている。まさに技術の驚異だ。毎日、この腕のあらたな一面を発見する。

だが、やがてその腕は独自の意思を持ちはじめ……

自分は、その腕に操られているような気がした。

精神はだませても、感情はだませない。
この瞬間、悟った。なにかが、わが身に起きている。
夢がはじまった。

5　名スパイ

ガルクマルン＝ピットは、皇帝の膝の高さに視線が達するまでかがみこんだ。尾をまっすぐうしろに向けて伸ばし、バランスを保つ。なんと屈辱的な姿勢なのか……とはいえ、崇高な存在の面前ではいたしかたない。

「その者は？」皇帝の声が響く。

「帝国の功労者です！」儀典長が答えた。信じがたいほどきらびやかな制服に身を包んだ小柄なトプシダーだ。「崇高なる陛下に命じられたとおり、臣下ガルクマルン＝ピットが参上しました！」

目の前には、まばゆいほど豪華な玉座の間の景色が広がる。天井や壁には、建国の戦いを描いた彫刻がほどこされていた。

金の柱十本が天井の装飾を支える。柱は純金製ともっぱらの噂だが、廷臣たちは、ただ金箔でおおわれているだけと推測していた。皇帝トルクレク＝アヌルといえども、自分の居城を飾るために十トンもの金を使うことはできない。金はあまりにも貴重なものだから。

銀色にきらめく場所もある。じつに趣味がいい。南方の大陸では、銀は金よりもさらに希少なものだ。

「よかろう！」皇帝が告げ、鋭い目でガルクマルン＝ピットを見すえた。「この臣下がここにいる理由は？　なぜ、われわれの時間をじゃまするのか？」

「それには正当な理由があります、崇高なる陛下」儀典長が儀礼的に答えた。数歩前に歩みでると、守るように片手を掲げ、「臣下ガルクマルン＝ピットは、特別功労者です。陛下によく仕えました」

ガルクマルン＝ピットは、この儀式を熟知していた。これまで何度もこの場に居あわせたことがある……もっとも、観客として呼ばれただけだが。いまは、背後に四十名もの廷臣と高官が控えている。

「その功績を述べよ！」

「謹んで申しあげます……」

儀典長は長い巻物を掲げると、それを広げて読みあげはじめた。その間、ガルクマルン＝ピットは皇帝を観察していた。いや、トルクレク＝アヌルも心ここにあらずだ。ほかの者同様に、儀式のさだめにしたがっているだけだった。

トルクレク＝フン帝国の第十九代支配者として、皇帝は個人の自由をほとんど享受していない。それでも、帝国の政策を決定するのは皇帝であり、それがガルクマルン＝ピットにとりもっとも重要なことだ。

ようやく、儀典長が巻物を閉じた。

「崇高なる陛下、この臣下にふさわしい褒美を与えていただきたく存じます。その行動はすべて帝国のためでした」

「よかろう」皇帝トルクレク＝アヌルが承諾した。「ガルクマルン＝ピット、そなたに今後もわれわれに忠誠をつくし、帝国のために尽力する機会を与えよう。そなたを帝国の内務副大臣に任命する……立ちたまえ！」

ガルクマルン＝ピットは誇らしげに鱗を広げ、指示にしたがった。皇帝トルクレク＝アヌルは厳粛な顔つきで玉座をおり、儀典長から栄誉の帯を受けとると、あらたに任命された内務副大臣の肩にかけた。

「崇高なる陛下」ガルクマルン＝ピットが応じる。「身に余る光栄というもの。これからも帝国の繁栄のために全身全霊を捧げることを誓います。皇帝陛下、万歳！　トプシドが正統なる君主のもと、ひとつとなりますように！」

廷臣たちは感激したようすで、この誓いの言葉を受けとめた。

「皇帝陛下、万歳！」だれもが自分の命がかかっているかのごとく、くりかえした。

トルクレク＝アヌルが玉座をおり、奥に姿を消すと、ガルクマルン＝ピットはみずからの勝利に酔いしれた。やり遂げたのだ。おのれこそが名スパイだ。内務大臣は酒飲みで、王族のなかでも落ちこぼれらしい。つまり、真の大臣は今日からこのわたし、ガルクマルン＝ピットということ。

これからは、自分が治安部隊、税務当局、秘密警察を統率することになる。エンシュゲルド＝アーク連合は、わが貢献に金銭で報いることはできないだろう。すでに使いきれないほどの富を誇るのだから。

いずれにせよ、自分にはほかの目標がある。貧民の子として生まれたわたしは、出世する手段はなくとも、燃えるような野心を持っていた。その手段を得たいま、野心はますます燃えあがる。連合を支配するリーダー三名のうち、だれもそう長くは生きられないだろう。時が訪れたなら、わたしは次の三頭政治メンバーとなるつもりだ。

その時こそ、フンナクを去る時だ。

そうなれば、名スパイがエンシュゲルド＝アークの三頭政治をつかさどることになる。

＊

政治情勢は、行きづまっていた。

その原因の一端は、自分自身にもある。何カ月も前から全力で影響力を行使した結果、長らくくすぶっていた、皇帝トルクレク＝アヌルとグラグコル＝グメン同盟の独裁者クムルコ＝キムとのあいだに、ついに紛争が勃発しようとしていたのだ。

平和は変革には向かない。必要なのは戦争だ！

戦争では多くのことが起こりうる……わたしは、トルクレク＝アヌルやフンナクの多くの高官と良好関係を築いてきた。スパイ活動を通じて、エンシュゲルド＝アークにおいても同様の影響力を持つ。なにが起ころうとも、それは自身の利益となるはずだ。

エンシュゲルド＝アーク連合は、惑星の二大勢力に比べれば規模こそちいさいものの、重要な役割を果たしている。秤の針を左右に傾ける決定的な存在だ。

トルクレク＝フン帝国とグラグコル＝グメン同盟は、エンシュゲルド＝アーク連合の支援をめぐり、争っていた。

両勢力は長いあいだ、軍を待機させ、いつでも戦端を開ける状態だった。その間、連合は二大勢力を巧みに操りつづけ、つねに利益を得てきた。実際、連合がこの戦争の引き金を引いたのだ。

十二週間ほど前から、トルクレク＝アヌルは、グラグコル＝グメン領の島々を不法に占拠していた。これ以上ない好機だ。

ガルクマルン＝ピットは、勝ちほこった笑みを浮かべた。

制服には、あらたな階級章が輝く。鏡の位置を調整し、自分の姿をしげしげと眺めた。だれがわたしをスパイだと疑うだろうか？　これほど立派な高官が疑われることはない。

*

「秘書はいないのか！」ガルクマルン＝ピットは声を張りあげた。

数秒が経過しても返事はない。

ふたたび、こんどは怒りをこめていう。

「だれかいたら、部屋にきてくれ！」

急ぎ足の靴音が通廊に響き、ドアをノックする音が聞こえた。次の瞬間、亡くなった前任者の秘書が目の前に立っていた。

「よろしくお願いいたします、内務副大臣。ご用はなんでしょう？」

ガルクマルン＝ピットは険しい声でいった。

「きみに礼儀を教えたのはだれだ？」

「はい」秘書がとまどいながら答える。「フンナクのヴンニヴォク学校で……」

「そんなことはどうでもいい！」ガルクマルン＝ピットは鋭い視線でトプシダーを見すえた。「きみの名は？」

「ケイシャです」ピストルから発射されたかのごとく、秘書は即答した。

「よし、ケイシャ。これからは細心の注意をはらい、礼をつくしてもらいたい。そうすれば、われわれはうまくやっていける。きみには、つねに先を読んで動いてほしい。わたしがなにか必要なときは、いちいち指示を出すつもりはない。欲しいときに手もとにあるようにしてもらいたいのだ」

「承知いたしました、内務副大臣」秘書が困惑したようすで答えた。その表情から、前任者とはまったくちがうやりかたにとまどっているのが見てとれる。「すべて、ご命令どおりに」

「わかるな？」

「もちろんです」

ガルクマルン＝ピットの視線が変わった。先ほどまで険しかった表情が、いまは氷のように冷ややかだ。

「なにかお望みでしょうか？」秘書が恐る恐る訊いた。

「わかるはずだが」ガルクマルン＝ピットは脅すようにいった。「ならば、なぜまだ資料が手もとにない？」

「どの資料でしょうか？」

ガルクマルン＝ピットは悟った。この秘書はあまり賢くないようだ。ため息まじりに説明する。

「税務当局、治安部隊、秘密警察に関する資料だ。わたしは今日、内務副大臣に任命されたばかりだぞ！　全体像を把握する必要がある。さもなければ、陛下の利益を守れない。さらに、異常事態に関するすべての記録が必要だ」

「すぐに手配します」

「では、行くがいい」

「恐れいりますが、内務副大臣……」

ケイシャは、ガルクマルン＝ピットがこれまで気にとめずにいた、もうひとつのドアを開けた。その奥には、天井までびっしりと書類が詰まった小部屋がつづく。「前任者の私的な記録保管庫です。あなた以外、だれもここに立ちいることはできません。これ以上の資料が必要でしょうか？」

ガルクマルン＝ピットは、書類の山に魅了されていた。前任者は暗殺された。それで、整理する時間がなかったのだ。もしかしたら、ここには重要資料が眠っているかもしれない。極秘の議事録や大臣の関係書類、皇帝のかくれた悪習に関する文書が……

圧倒的勝利を目の前にして、目眩（めまい）がした。なんという幸運だ！

「内務副大臣？」

「わかったとも」ガルクマルン＝ピットは不機嫌に応じた。「さっさと出ていけ。そして必要なものを持ってきてくれ」

「秘密プロジェクトの資料もでしょうか？」

ガルクマルン＝ピットは耳を澄ませた。「どの秘密プロジェクトだ？」

「もちろん、詳細は知りませんが」

「それもだ！」内務副大臣は命じた。「ここに届けたら、二度ともどってくるな」
＊

記録保管庫は、宝の山だった。もちろん、概要を把握するまでに何時間もかかったが、ガルクマルン＝ピットはその時間を惜しまない。すでに、さほどの手間をかけずに厚生大臣、文部大臣、防衛大臣を脅迫できそうな情報を見つけだした。

ふたたび、ドアをノックする音が響いた。

「なんだ？」こんどは答えた。

「ご所望の資料です！」ケイシャが叫んだ。

「入れ！」

ガルクマルン＝ピットは慎重に記録保管庫のドアを閉めると、シェルシートに身を沈め、書類の山を受けとった。

「軽食も用意いたしました」ケイシャが手招きすると、給仕が飲料とパン類を室内に運びいれた。「お望みどおりでしょうか、内務副大臣？」

ガルクマルン＝ピットは穏やかな気分で、飲料に手を伸ばした。「まさに望みどおりだ。わかってきたようだな。さ、出ていきたまえ！」この時はじめて、喉がどれほど渇いていたかに気づいた。鱗状の肌は乾燥し、まるい目の視界がかすむ。

ガルクマルン＝ピットはくつろいだ。

内務副大臣に昇進できてよかった。少なくとも些事に煩わされることはない。英気を養ったのち、職務にとりかかる。最初に見つけたのは、きわめて重要な案件のファイルだった。前任者がトルクレク＝アヌルとともに計画した作戦行動に関するものだ。悪態を喉の奥でようやくおさえる。

これについて、どうやって連合の三頭政治メンバーに説明したものか？

守護星か！

カタストロフィだ……トルクレク＝フン帝国の秘密警察は、エンシュゲルド＝アーク連合の聖遺物を奪うよう命じられていた。すべての原因はアーク人の宗教的狂信にある。なぜ、そのような重要な品が毎年、放浪の旅に出るのか？

客観的理由はない。

自分はアーク祭司団の力を過小評価していたのかもしれない。そのせいとしか考えられない。

ガルクマルン＝ピットはこの件を慎重に調べた。山積みの書類の底に、この作戦行動に関する最新データを見つける。どうやら秘密警察は、守護星の保持者を逃がしたようだ。

すべてを修復することが可能かもしれない。選ばれし者の名前はシュルクメス。聡明なトプシダーのようだ。写真には、汚れた鱗と異常に大きな涙目の男がうつる。律法学者だという。

いまのところ、その行方はまったくつかめていない。捜索を続行するよう、ガルクマルン＝ピットは公的指示を出した。これが最初の公務となる。すべての写真は、機密保持のために封印されること。また、捜査官には、シュルクメスをその故郷近くの村で集中的に探すよう命じた。駅、港、宇宙港、着陸床に配置されたすべての警備は解除された。

これで安全だ。内務副大臣はそう考えた。これで、この選ばれし者は安全だ。万一、運悪く捕まった場合は、みずから介入するしかない。そのときはシュルクメスを皇帝の目からかくさなければ。

いまの立場では、ほかに選択肢はない。エンシュゲルド＝アーク連合の三頭政治メンバーにとってはたった数語だけですむ……そうすれば、わたしは敵に売られるのだ。

＊

機密プロジェクトの資料は、二時間後に届いた。ガルクマルン＝ピットはケイシャを鋭く見つめたが、なんの説明もない。この愚か者を熱した鉄で拷問させる光景を想像してみたが、すぐにそれはむだだと判断した。そのような暇はない。不満を持つ部下がいれば、効率がさがるだけだ。

そうでなくとも、不要な残虐行為で悪評を立てられるわけにはいかない。

そこで、みずから訊いてみた。

「なぜ、これほど時間がかかったのだ？」

「まず、内務大臣の承認が必要でした」

ガルクマルン＝ピットは大きく口を開け、息を吐きだした。

「この酔っぱらいが！　なぜ、そのようなまねが……」

たちまち、自制を失ったことを恥じた。いや、部下の前で感情をあらわにしてはならない。

「最後のチャンスをやろう、ケイシャ。今後、わたしに命じられたことを内務大臣に再確認してはならない。さもなければ、きみはクビだ。内務大臣はわれわれにとり、なんの役にもたたない。大臣に対する配慮は不要だ。わかったら、出ていけ！」

ケイシャは無言で立ちさった。

薄いファイルの内容は、すべてを埋めあわせた。グレイの封筒の上には、こう記されている。〝機密戦略兵器システム。防衛大臣、内務大臣、外務大臣分析用〟

奇蹟の兵器……

あのことにちがいない。噂が真実の核心をついているというのか？　これまで、廷臣や侍従たちの噂話にあまりとらわれないようにしてきた。それがまったく現実ばなれしているときには、とりわけそうだ。ところが、今回は自分がまちがっていたように思える。もっと早く、この件に対処すべきだった。

ガルクマルン＝ピットは、ちいさく悪態をついた。

さいわい、いまこうして資料を入手できた。一時間以上かけて、数枚にわたる手書きの文書を精読する。何度も、この件をただの冗談として片づけたくなったが、そうではなかった。皇帝の署名がその証拠だ。

文書の最後には、達筆でトルクレク＝アヌルと署名されていた。捏造の疑いはなく、一字一句が信頼のおけるものだった。

このプロジェクトは〝核爆弾〟というコードネームで進行している。

ガルクマルン＝ピットは、想像力に長けていた。

金属製の翼三、四枚で空を飛び、搭載した爆弾で敵軍を壊滅させる飛翔機を知っている。通信装置は、数百キロメートルはなれた地点からでも目に見えない信号を受信できるものだ。六輪装甲車も、驚異的技術のひとつだった。

トプシドの発明家たちは、想像もつかないほどの進化を遂げていた。すでに敵軍を二十年前の倍の速さで壊滅させることができるという。

それでも、この〝核爆弾〟は自分の理解を超えていた。たったひとつの爆弾で、フンナクほどの大都市が数秒でただの地面と化すというのか。

想像を絶する……トルクレク＝アヌルと話さなければ。順序としては、まず皇帝と、そのあと、三頭政治メンバーの仲介者とだ。

とはいえ、エンシュゲルド＝アーク連合のだれがこの話を信じるというのか？

「ケイシャ！」内務副大臣は叫んだ。「こちらへ！」

ただちにドアが開いた。

「はい、内務副大臣。なんなりとお申しつけください」

「そのつもりだ」ガルクマルン＝ピットはうなるようにいった。「皇帝との謁見を手配してもらいたい。可及的すみやかに」

「それが可能かどうか……」

「つべこべいうな。むずかしいのは承知の上だ！　だが、秘密警察はわが支配下にある。全力をつくせ。あすには謁見したい」

＊

「ケイシャ！」歩きながら叫んだ。

秘書がすぐにうしろからついてきた。

「はい、内務副大臣。謁見で、さぞお疲れでしょう。軽食をお持ちしましょうか？」

「疲れてなどいない」いらだちをあらわに返した。「だが、ほとんどむだだった。一時間以内に、これからいう者たちをここに呼んでくれ……」と、告げ、三名の名をあげた。配下の秘密警察において重要な幹部たちだ。きのう、前任者の記録保管庫を何時間も調べ、この三名全員をしたがわせるのに充分な資料を見つけておいた。

「すぐに手配します、内務副大臣。一時間以内に」

ガルクマルン＝ピットは、不満げにシェルシートに身を沈めた。奇蹟の兵器は実在する。たったいま、トルクレク＝アヌルがそう認めたのだ。とはいえ、詳細も、引きわたしの日時もわからない。噂はすべて真実にもとづくものだった。これはたんなるプロパガンダではない。今回は、グラグコル＝グメン同盟に対するただの威嚇ではなく、本気なのだ。

急に不安に駆られた。実際、戦争はわたしに利益をもたらすのか。その〝核爆弾〟とやらひとつで一都市すべてが破壊される。敵勢力のクムルコ＝キムも核爆弾を所有するのではないか。ならば、自分自身も危険にさらされるわけだ。

そう考えただけで、目眩がした。目に見えない剣のごとく、広範囲にわたる破壊の幻影が頭上からさがる。地表のあらゆる生命が焼きつくされ、死をもたらす兵器を運ぶ恐ろしい飛行体だけが空を飛ぶ。

を知る必要がある。

いや、それほどひどいことにはならない。前向きに考えなければ成功はない。ガルクマルン＝ピットは無理やり、笑い声をあげた。とにかく、爆弾に関するすべてを知る必要がある。

一時間後、ケイシャはいわれたとおりに三名を集めていた。全員を横にならばせると、新指揮官として自己紹介し、雑談を交わす。最後に問題の資料を見せ、「これが現状だ」と締めくくった。

「きみたちはもう、わたしがどういう男か、よくわかったはず。これがわが最初の任務であり、非常に重要なものだ。万一、わたしが前任者と同じ運命をたどった場合、この資料は自動的に皇帝の手に渡ることになる」

「任務とはなんでしょう？」ひとりが恐る恐る訊いた。

ガルクマルン＝ピットは三名が怯えるようすを楽しんだ。友を作るつもりはないが、信頼のおける部下は欲しい。

「〝核爆弾〟プロジェクトだ。きみたちも噂は聞いているだろう。すでに皇帝と直接話し、それが実在するとわかった。わたしには情報が必要だ。第一、だれが爆弾を設計したのか。第二、それはどこでだれによって造られているのか。第三、原料費と製造費の計算書だ」

「それで全部ですか？」ひとりが口をはさんだ。

るのだ。


　ガルクマルン＝ピットは、それには触れずに先をつづけた。

「最後に、秘密警察にはその設計図一式と理論的基盤が必要だ。できれば、完成品も」

　三名はまるで打ちのめされたかのごとく、部屋を出ていった。たしかに……容易ならざる任務が待ちうけている。とはいえ、部下の労苦を軽減することはできない。わたしはスパイとして、これらの情報すべてをエンシュゲルド＝アーク連合に届ける必要があるのだ。

＊

　三日後、最初の成果があらわれた。もっとも、それは部分的成功にすぎない。いや、むしろ後退かもしれない……すべては三頭政治メンバーの反応しだいだ。

　単独活動していた部下三名から、同じ報告が届いた。

　帝国の科学者たちは、自力でこの奇蹟の兵器を開発したわけではないという。かれらにはその能力さえないようだ。〝核爆弾〟は〝宙航士〟から提供される予定のものらしい。その対価として、宙航士は政治犯や犯罪者を実験台として要求したそうだ。

　ガルクマルン＝ピットは考えをめぐらせながら、無意識のうちにパンをかじった。

　この報告は驚くべきものだ。〝宙航士〟が関与しているというのか。もしそれが事実だとすれば、なにが起きるのか？　宇宙から訪れた生物がトプシドの虜囚（りょしゅう）に興味を持つ理由はなにか？　皇帝トルクレク＝アヌルは、どうやってかれらとコンタクトしたのか？

そもそも、宇宙から訪れる生物など考えられるのか？

おおよそ、疑ってはいない。歴史家のなかには、トプシド自体が宇宙航行の過去を持つとひそかに主張する者もいた。もちろん……公式にそれを認めるわけにはいかない。とはいえ、いたるところで見つかる多くの遺物がその証拠だ。それらの遺物はもはや機能していないが、たしかに存在する。

ガルクマルン＝ピットは、皮肉な笑いを浮かべた。

宇宙航行する生物の存在は、まだ受けいれられる。だが、かれらがトルクレク＝フン帝国の反逆者たちと引きかえに奇蹟の兵器を提供してくれるという話は信じがたい。

楽しませてもらおう。秘密裡に、三頭政治メンバーに宛てたメッセージを準備した。今日じゅうにフンナクから発信できるだろう。そこには、自分がこれまで見聞きしたことすべてが書かれている。エンシュゲルド＝アーク連合の秘密警察がこの件で振りまわされるのを見物するのも悪くない。

自分にはもっと重要な案件がある。

内務副大臣はこの件を忘れることにした。とりつかれたように働き、戦争の準備を進める。秩序部隊を強化し、秘密警察に警戒態勢をとらせると、税務当局には全市民の財産をさしおさえるよう指示した。

たとえ、あす、戦争が勃発したとしても、これで準備万端だ。

ところが、その時は訪れない。かわりに、三頭政治メンバーからメッセージが届いた。

とりわけ、アークの祭司たちは、ガルクマルン＝ピットが送った情報を真剣に受けとめたようだ。怒りがおさえきれず、激しく悪態をついた。あの愚か者どもの影響力はどこまでおよんでいるのだろうか？　かれらのせいで、明確だが実行不可能な命令を受けることになったのだ。

「宙航士と接触せよ」それが命令だ。「エンシュゲルド＝アークは〝核爆弾〟を必要としている。連合を最高に輝かせよ」

このようなばかげた任務をどう実行しろというのか？　ガルクマルン＝ピットは怒りにまかせて命令書を丸め、ゴミ箱に投げすてた。いまや、妄想につきあわなければならなくなったのだ。ただ、心の片隅にわずかな疑念がしつこくのこる。もし、それが事実ならば？

虜囚との交換というのは筋が通らない。それに〝宙航士〟がトルクレク＝アヌルに奇蹟の兵器を提供することはないだろう。そのような存在はトプシド全体を容易に掌握できるはずだから。

6 動揺

脚が勝手に動く。

自分の脚を見つめた。新しい脚だ。これまでの生身の下肢とは雲泥の差がある。

意識を集中させた。

脚がとまる。

内なる声に耳を澄ませば、精神的つながりを感じる。わたしはあらたな脚と一体となった。精神が脚を制御する。脚が制御するものは……なにか？

これ以上、考えてはならない。

この夢に深入りするのが怖い。

なぜか心がおちついたが、すぐにまた恐怖が襲う。感情をおさえているのは、脚かもしれない。あるいは腕か。それとも、肝臓、心臓、腎臓と置きかえられたあらたなマルチ臓器かもしれない。

デイトンは思った。おちつかなければ。だが、どうすればいい？

皮肉めいたユーモアをわずかに抱き、〝システム〟について考える。腕、脚、マルチ臓器……のこるは脳だけだ。

そうなれば、すべてがおちつくだろう。

7 オリオン＝デルタ星系

ペリー・ローダンは熱に浮かされるかのごとく、身をよじった。目の前には、最愛の妻、ゲシールの顔が浮かぶ。その背後には、見知らぬ男の影が迫り、その姿はますます大きく、威圧的になっていく。

「いや」テラナーはまだ半分寝ぼけたまま、つぶやいた。「そんなはずはない……」

ベッドの前の床には、毛布が落ちていた。

男の姿が揺らめく。ローダンはその顔を見あげた。すでに周囲の建物をも超える大きさになっている。勝利を確信したようなその顔には、底しれない悪意が浮かんでいた。男がゲシールを押しつぶすようにおおいかぶさる。

ローダンにできることは、なにもない。男が満足そうな表情を浮かべた。ゲシールは死んだのだ。これでもう、自分の人生になんの価値もなくなった。

「いや」ふたたびつぶやく。「そんなことがあってはならない」

この時、自分の声で目が覚めた。手で額の汗をぬぐい、もういっぽうの手で細胞活性装置を探る。

「室内サーボ！」寝ぼけた声で呼びかけた。「汗を乾かしてくれ」たちまち、心地よい冷風が流れはじめる。

ここ数週間の出来ごとが走馬灯のように脳裏を駆けめぐった。恐ろしい日々だった。人生でこれほど多くの挫折を味わったことはない。この瞬間、まるで打ちのめされたかのごとく感じていた。

レジナルド・ブル、グッキー、ほかの友たちも、本当の意味では助けにはならない。心の状態は、自分で克服するしかなかった。

それはNGZ一一四四年七月十日、ペルセウス・ブラックホールにおける壊滅的敗北からはじまった。つづいて、夢見るあいだも苦しめられるような出来ごとが生じる。ローダンたちは、ゲシールの遺伝子情報をふくむ細胞組織を手に入れたのだ。それにはゲシールの遺伝子情報だけでなく、未知存在のそれもふくまれる。

つまり、ゲシールは子供を産んだのか。あるいは、彼女の遺伝物質が使われただけなのか。そして、その父親はペリー・ローダンではなく、ほかのだれかなのか。

「いまいましい」テラナーがうめいた。「もう限界だ……」

その子供は、なにか特別なものを持つようだ。

なぜなのか？　ゲシールが持つコスモクラートの遺伝子のせいなのか？　推測ばかり

で、なんの答えも見つからない。とにかく、その者はローダンのすべてを知るらしい。まるで自分がもてあそばれている気がした。細胞サンプルを送ってきたのもその者で、ローダンの居場所をつねに把握しているようだ。

この瞬間からローダンは、ホーマー・G・アダムスや地下組織〝ヴィッダー〟の工作員との接触を避けるようになった。突然、自分は全員にとって危険な存在となったのだ。

まもなく、太陽系が奇妙なバリアに包まれるのを目のあたりにする。テラ、火星、木星、水星、太陽……それらすべての天体が、時空のどこかで直径十光時の球体のなかに封じこめられたのだ。まるで、太陽系がこれまで存在しなかったかのごとく。

ローダンと《シマロン》にのこされた手がかりは、ガルブレイス・デイトンから届いた謎めいたメッセージだけだった。デイトンは細胞活性装置保持者であり、感情エンジニアだ。友はどのような役割を果たしているのか？　〝テラのホール〟に住む悪魔と友はどのような関係にあるのか？

いまもなお、デイトンが信頼できるとはかぎらない。七百年の歳月が、旧友を変えてしまったかもしれない。

それでもローダンは、友のメッセージに応じるつもりだ。その一字一句を覚えている

……ペリー・ローダンが旧友に会いたければ、十一月中旬にオリオン＝デルタ星系にいくといい。そこで貴重な贈り物があなたを待つ。

ローダンは考えこみながら、仰向けになり、

「室内サーボ！」と、呼びかけた。「送風をとめてくれ！」

今日は、一一四四年十一月二日。まだ二週間の猶予がある。《シマロン》はちょうど、オリオン＝デルタ星系に到着するところだった。この猶予をうまく活用しよう。罠の匂いがする。それでも好奇心が勝った。デイトンがいう贈り物の背後には、なにがかくされているのか？

うめき声をあげながら、起きあがった。細胞活性装置が機能していても、からだが鉛のように重い。ローダンは浴室に向かい、温水と冷水シャワーを交互に浴びた。

＊

ペリー・ローダンは司令室にもどる途中、アンブッシュ・サトーに行く手をはばまれた。

「少しよろしいでしょうか、ペリー？」

小柄なテラナーは、身長百六十センチメートル。華奢なからだに対し、頭が大きすぎるようだ。着物姿が、日本人の血筋をしめしていた。

「どのくらいかかりそうか？」ローダンが訊いた。

「数分あれば」

アンブッシュはそう答え、大きな褐色の目でこちらを見あげる。頼もしい存在だ。ローダンはこれまで何度も、危機的状況においてこの友の活躍を見てきた。

それは友の専門分野、超現実学のおかげだ。ローダンの知るかぎり、アンブッシュは生存する唯一の超現実学者だった。その力は古代の東洋エネルギー……いわゆる〝気〟に由来するという。

〝気〟という概念を受けいれられる者は少ない。メタグラヴ航行やシントロニクスの時代にはまったくそぐわないもの……それでも、ローダンはその少数派のひとりだった。これまでコスモクラートから託されてきた任務において、人間の理解の範疇を超える多くの経験をしてきたから。重要なのはただひとつ。超現実学者が、その手法で成功を収めるかどうかだけ。そして、実際に成果を上げていた。

アンブッシュ・サトーは伝統的科学同様に、副次的産物すべてを巧みに活用する。そして、しばしば驚くべき結果をもたらした。

「きみのためなら時間はあるとも、サトー」ローダンが応じた。

小柄な男は、意味深長な視線を投げかけ、

「あなた自身のための時間です。それに、おそらく得にもなるでしょう。ラボまでいっしょにきてください」

ふたりは反重力シャフトで、五十メートル下の技術中枢部に向かった。アンブッシュはドアを開け、ローダンに反重力シートをすすめると、コンピュータ端末のスイッチを入れた。

「考えてみました」小柄な男が静かに口を開いた。その細い唇にわずかな笑みが浮かぶ。

ローダンは礼儀正しく、ほほえみ返し、

「なにについてだ？」と訊いた。

「これまでのところ、未知の存在はあなたが銀河系のどこにいようと追跡できるように思えます。ですが、その理由はまだ特定できません。それでも可能性は絞りこめました。あなたの細胞放射を遮断しなければなりません。それがどんなに微弱であろうと。細胞活性装置のインパルスも同様に」

「どうやってだ？」

アンブッシュは、辛抱強く話をつづけた。

「そのどちらかが未知の存在に探知されているのはたしかです。おそらく、ふたつの要素の組みあわせでしょう。そのほうが可能性は高いと思われます。さもなければ、アトランもあなた同様に危険にさらされているはずですから」

「結論をいってくれ、サトー。あまり時間がないのだ」

「いつも時間がないのですね」小柄な男がおだやかにいった。「それはよくありません。ですが、あなたの好奇心を満たしましょう、ペリー」

一瞬にして、モニターに鮮明な画像がうつしだされた。技術データと計算式を見せられたところで、ローダンはすぐには理解できない。

「これはなんだ？」ローダンはたまらなくなって訊いた。

アンブッシュは笑みを浮かべた。

「あなた用に特殊な防御バリアを用意しようと思います。ノックスとエンザにいわせれば、〝ちょっとした工作〟でしょう。でも、きっとうまくいくはず。そうすれば、あなたは未知の存在から身をかくせる。個体放射を追跡できなくなるから」

ローダンは、胸の高まりをどうにかおさえた。肩につねにのしかかっていた重荷の一部が突然、とりのぞかれたような気分だ。

「いつ完成するのか？」テラナーは訊いた。「あすにでもその装置は入手可能か？」

アンブッシュはかぶりを振った。

「まるで、われらが友ブリーのようですね。そんなに急かさないでください……遺憾ながら時間がかかるでしょう。準備が整ったら、お知らせします」

＊

もう少しで叫び声をあげそうになった。反射的に身をかがめる。

ペリー・ローダンが中央司令室に入ると、乗員たちは驚きのあまり口をぽかんと開けていた。計器類にまったく注意をはらっていない。

頭上を、レジナルド・ブルが低空飛行でかすめていく。そのまま宙返りし、体勢を立てなおすと大きな弧を描いた。両腕を前方に伸ばし、顔には少年のような無邪気な笑顔を浮かべている。

「ハロー、ペリー！」ブルがうれしそうに叫んだ。

どうやら、この状況を楽しんでいるようだ。ふたたびローダンの頭上をかすめ、急に方向転換すると、ただひとりシートにじっとすわったままのイアン・ロングウィンに向かって突進していく。

司令室の中央では、ネズミ＝ビーバーのグッキーが勝ちほこったようすで立っていた。

「ハロー、ペリー！」イルトも叫んだ。「ブルを一周させてるんだ。あんたもやってみたい？」

ローダンは一瞬、怒るべきか、笑うべきか迷った。だが、結局どっちつかずとなる。

「なんの騒ぎだ？」大声で訊いてみた。「なぜ、だれも計器に注意をはらわない？《シマロン》乗員は全員、頭がおかしくなったのか？」

中央司令室メンバーは、ばつが悪そうだ。ローダンは、全員が自席にもどるのを待った。奥のほうで、ブルが四つんばいで着地する。立ちあがるのに苦労しているようだ。顔を赤らめ、イルトとローダンに近づいてくる。

「どうでした?」ブルが上機嫌で訊いた。「うまく飛べていましたか?」

「完璧なピエロだな」ローダンが認めた。

ブルは不満そうな顔つきになり、

「いまは毎日、飛んでるわけじゃないんですから……」といった。

「残念だね」グッキーが思いこがれた目で友を見つめた。「あのころが懐かしいよ」

「じつは、ペリー」レジナルド・ブルが説明しはじめた。「イアン・ロングウィンと昔話をしていたところでして……」

「でもって、イアンはでぶの話を信じようとしなかったんだ!」グッキーが口をはさんだ。

「なにを信じなかったのだ?」ローダンが訊いた。

「昔の話だよ。覚えてる?」グッキーが夢見るようにいった。「あのころはぼかあ、ブルをよく飛ばしていたっけ。少なくとも、気が向いたときはいつでも」

「いま、乗員の気を散らす理由にはならない」ローダンが冷たくいった。

「誤解です、ペリー」ブルがなだめるように友の肩に手を置いた。「最近は笑うことが少なかったから。それは、あなただけじゃない。だから、ちょっと楽しもうとしただけで」

「もういい、わかったから……いまは任務にもどろう。状況はどうなっている? もう星系に入ったのか？」

　ローダンとブルはともに、司令コンソールにある自席に向かった。だれが答えるまでもない。制御モニターにはすべての関連データが表示されていた。この星系は惑星八つを擁し、それらは白色恒星と紫色のちいさな伴星を公転する。

　第三惑星は、トプシドと呼ばれていた。

　トプシド、そうだ……

　ローダンは、勢力圏をもたず、太陽系帝国をわずかな船だけで築きあげた日々を懐かしく思いだした。これはただのノスタルジーではない……現況は、かつての状態にどこか似ている。勢力圏が突然、船数隻の到達範囲に縮小したのだ。どこから危険が迫るのかもわからない。いまや銀河系は、二千年前と同じくらい未知なものとなり、センセーションをもたらす。

　そして、ふたたびトプシドがわれわれを待ちうける。とはいえ、ちがう形で。それはテラナーにもわかっていた。もっとも、慎重な対策なしにその惑星に近づくつもりはない。

「イアン」ローダンは《シマロン》船長に告げた。「船を二恒星のうちのひとつの周回軌道に向かわせてくれ。まずは数日ほどそこで待機し、観察するつもりだ」

「数日も？」隣りのレジナルド・ブルが驚いたように訊いた。「なぜですか？」

「かんたんなこと。中旬までまだ二週間近くある。時間はあるのだから、観察もしっかりするべきだ」

「コースを設定しました、ペリー」イアン・ロングウィンがシントロニクスの表示を注視しながら応じた。「《シマロン》は紫色の伴星に向かいます。ゾンデを射出しましょうか？」

「もちろんだ、イアン」

二時間後、巨大なパノラマ・スクリーンから紫色の強烈な光が司令室に射しこみ、全員の顔に暗く不吉な影を落とした。それでも、ローダンは思った。これは幻影にすぎない。おそらく、まだゲシールのことを引きずっているせいだろう。もしかすると、彼女を見つけだすまで、この心の傷は癒えないかもしれない。すべては、彼女がどのような説明をするかにかかっている。

つづく三日間、ローダンは自室に引きこもった。ひとりでいたかった。ときおり顔を見せるのは、グッキーとブルのみ……もちろん、アンブッシュ・サトーも進展を報告するためにキャビンを訪れた。

三日間、なにごとも起こらなかった。

トプシド自体には、住民がいないように思えた。以前は、惑星から数光年はなれたところまで届いた散乱放射の痕跡すらない。なぜか？　ローダンには、どのような推論も無謀に思えた。みずから調査するしかなさそうだ。

テラナーはグッキー、ブル、そのほかのメンバーを司令室に集めた。待機期間が終わりを告げたのだ。

「これ以上の待機は意味がない」ローダンが口を開いた。「トプシドに向かおう。とはいえ、ごく慎重に。ガルブレイスがわれわれをわざわざここに呼びつけたのには、わけがあるにちがいない」

「かもしれませんが」ブルが反論した。「もしかすると、ほとんど人気のない惑星だからこそ、ここで会おうといったのかもしれない。エネルギーの散乱放射も、秘密も罠もなさそうだ！」

「楽観的すぎるな、ブリー……ガルはもう昔のガルじゃない。いずれにせよ、かれの言葉を鵜呑みにすることはできない。ガルが艦隊を引き連れてここにあらわれ、われわれを包囲することだってありうる。可能性は無限だ」

「でも、そうはならないさ！」グッキーが憤慨して叫んだ。「少なくとも、かれはまだガルブレイス・デイトンだよ。ほかのだれでもない。ぼくらのガルブレイスだ。ペリー、あんたがガルに細胞活性装置を手わたした時のことを忘れたの？　ガルはいつも必要な時にそこにいてくれたよね？」

ローダンは両腕をひろげ、悲しげにイルトを見つめた。

「覚えているとも、ちび。それでも、かれは現況に順応したのだ。ガルのようすはどこかおかしい。それはまちがいない。それゆえ、さらなる安全策が必要なのだ。搭載艇と救命艇を射出し、この恒星のコロナ近くにおいていくつもりだ。それぞれの艇には、受け入れ準備の整った転送機を設置しておく。なにか問題があれば《シマロン》から離脱できるように」

この提案は、乗員の多くを驚かせた。

イアン・ロングウィンは表情をこわばらせている。船長なのだから当然だ……ローダンは指揮官の心情が手にとるようにわかった。

「つまり」おだやかな男が口をひらいた。「《シマロン》を放棄するということですか」

「そのような事態にならなければいいのだが！」

「いずれにせよ、あなたはそれを覚悟しているわけですね、ペリー。ですが、それは大きな過ちというもの。この船は代えがたい存在です。自由テラナー連盟はもう存在しない。あらたな船をただちに建造できる工廠など、どこにもありません」

「おちつくのだ！」ローダンが応じた。「もちろん、慎重に行動するに越したことはない。それでも人命は船よりも大切なもの。だからこそ、イアン、そのために必要なことはすべてしておきたい。全搭載艇を射出しよう！」

《シマロン》は慎重に第三惑星に向かった。

「なにも探知できないのか？」ローダンが訊いた。

「そのとおりです」イアン・ロングウィンが肯定する。

「では、トプシドのごく近くをらせん軌道で周回する。陸地すべての上空を少なくとも一度は通過してみよう」

トプシドは、テラよりもわずかに大きな惑星だ。重力は一・一九Gで、明らかに高い。それでも、人間が長時間地上にとどまったとしても大きな問題はなさそうだ。ただ動きがやや緩慢になり、筋肉の疲労が早いだろう。

地表の八十パーセント以上が水でおおわれていた。ちいさな大陸はいくつか見られるが、陸地の大部分は赤道付近に集中している。トプシダーは爬虫類だ。数十万年前に海をはなれ、陸に上がったといわれている。

ほとんどのデータはあらたに調査する必要はない……データはすべてシントロニクスにすでに記録されているから。ただし、それは七百年前の情報であり、いまは典型的なエネルギー・エコーが見られない。動くものはなにもなかった。宇宙船も自動工廠も、ハイパー通信さえも。

「いま、なにかをとらえました……」探知センターから報告が届く。「通常通信で出力は弱く、中波帯。音声ではなく、モールス信号のようなものです」

ローダンは、いらいらしながら待った。

　半時間後、事態が判明する。トプシダーは前原子力時代に逆もどりしていた。ようやく、初期の産業が発展し、無線通信が再発見され、初歩的な飛行機が開発されたばかりのようだ。

　なにが起きたのか？　なぜ、繁栄していた文明が短期間でこれほどまでに衰退したのか？　それは銀河系のあらたな状況のせいなのか？　クロノパルス壁とウイルス壁を築いたあらたな支配者たちのせいなのか？

「通信シグナルのひとつも解読できないのか？」ローダンが訊いた。

「できますとも」答えたのは、副操縦士のランド・ミシュコムだ。「シントロニクスがすでに解読しました。最初は、古代トプシド語に翻訳しようとして失敗したけれど、トプシダーがまだインターコスモを話しているとわかったのです」

「それは興味深いな……技術は忘れても言語は忘れないということか」レジナルド・ブルが画面を見つめながらいった。そこには、ちょうど緑の原生林が草原に移りかわるようすがうつしだされていた。やがて、汚れた工廠を通りすぎ、集約されていない広大な農地が出現。

「このようなことは自然に起こるものじゃない」赤毛のテラナーがつづけた。「だれかがトプシダーを意図的に退行させたのだ」

「それを解明しようではないか、ブリー」ローダンが告げた。「トプシダーがどのような種族だったか、覚えているか？　かなり反抗的で利己的で、その多くが無慈悲な連中だった。だれかが、トプシダーを排除しようとしたのかもしれない。だが、この話はこまでだ……イアン、《シマロン》の着陸ポイントに適した場所は見つかったか？」

「もちろんです。海に数キロメートルつきだした、険しい岩の半島があります。そこなら船を用意にかくせるでしょう」

「そのとおりだ。もう充分に見てまわった。そろそろ、探査隊を派遣しよう」

＊

惑星に着陸したのは、NGZ一一四四年十一月七日のこと。

歴史的記念日というわけではない。ローダンはただ偶然、カレンダーを見ただけだった。数時間後、探査隊三部隊を編成。第一部隊はレジナルド・ブルが率い、第二部隊は自由商人ロダル・ヒッソンが指揮した。ヒッソンはウウレマ作戦行動においてその戦術理解度を認められ、《シマロン》乗員として迎えられた人物だ。第三部隊はペリー・ローダン自身が指揮を執る。各部隊は乗員六名とロボット四体で構成されていた。

探査隊はデフレクターを作動させた。不可視の存在となり、高度二十メートルを進んでいく。ときおり、トプシダーに遭遇した。トプシダーたちは村社会を形成し、農民として生活していたが、大都市もいくつか存在するようだ。

ローダンたちは一時間ごとに情報を集約した。

三日間にわたる探査の結果、次のことが明らかになる。トプシド全土は三勢力に分裂し、住民たちは壊滅的戦争の瀬戸際(せとぎわ)に立っていた。トプシダーは破壊力の高い爆弾や機体をあらたに開発し、かんたんな通信技術と銃器を持つ。その発展段階は、テラの二十世紀初頭と同程度だ。

ローダンは司令室にもどった。考える時間が必要だ。

イアン・ロングウィンから話しかけられたのは、ちょうど着席したときだった。

「ハロー、ペリー！　シントロニクスの解析結果により、トプシドでなにが起きたのか、かなり確実にわかりました」

「話してくれ、イアン！」

「もちろんです」ロングウィンが応じた。「アトランがあなたに、自由商人の基地惑星フェニックスでの出来ごとを話したことを覚えていますか。あのロボット胞子の攻撃があったとき、われわれはすんでのところでそれをふせぐことができました。シントロニクスは、だれかがトプシド各地に同じような胞子をばらまいたと考えているのです。それらが増殖して攻撃しはじめたと。トプシドはかつて繁栄していた惑星でした。少なくとも六百年前まではは。胞子はあらゆるマシンを食いつくし、ほとんどなにものこらなかったようです」

ローダンは震えながら船長を見つめた。

「何百万もの犠牲者が出たにちがいない……で、現在は？　《シマロン》は安全なのか？」

「心配ありません、ペリー。シントロニクスによれば、カンタロが胞子を回収したそうです」

「カンタロだと！　またやつらか！」

「ほかにだれがいるというのです？」ロングウィンが応じた。「でも忘れないでください。これは分析結果にすぎない。確証はありません」

そして、この惑星でガルブレイス・デイトンは会いたいという……千年以上にわたり、ともに戦ってきた盟友。だが、いまはもう信用できない。デイトンが理由もなく動くことはないだろう。

ローダンは考えこみながらシートにもたれた。その瞬間、じゃまが入る。微風が顔をかすめた。

「ペリー！」

きんきら声に驚く。

「ペリー、ようやく見つけたよ！」

イルトだった。興奮したグッキーが目の前に出現し、手を握ってくる。

「どうした、ちび？　おちついて話してくれ！　聞いているから」

「すぐ近くで思考を感じるよ。トプシダーたちだ。ぼくらがここにいるって気がついたみたい。なぜかはわかんないけど、ぼくらのシュプールを探してる」

ローダンはしばらく考え、

「いいだろう」と告げた。「では、見つかるとしよう。トプシダーと話がしてみたい」

8　記　憶

もう、テラニアのことは思いだせない。

この町は、なにかが変わってしまった。外見はそれほどではないが、かつては大混乱だったものが、いまでは秩序ある流れに変わっている。

そうではなかったはず……あの夢がはじまる前は。

わたしの古いバンガローはまだそこにある。デイトンはドアを開けた。あらたな両脚でなかに入る。あらたな両目は、すべての物に指ほどの厚さに積もった埃(ほこり)をとらえた。なにもかもがあらたな光のなかにうつしだされる……より鋭く、正確に、そしてちがった形で。

そして、そこには古いホログラム・キューブもあった。

それは、千年ものあいだ、同じシーンをくりかえしてきた。千年ものあいだ……

デイトンは、その時間の長さを思いえがいた。それはもう自分にとって、むずかしいことではない。いまや千年は六十秒のようでもあり、同時に永遠のようでもあった。

ホログラム・キューブが、自分と友たちをうつしだす。

そこにはペリー・ローダン、アトラン、ブリー、グッキー、フェルマー・ロイド、ラス・ツバイ、そしてハルト人のイホ・トロトがいた。

その中央に自分が立っている。わたしの二百九回めの誕生日だった。

五秒間、友たちは動き、笑い、冗談をいいあい、生きていた。だが、それはあくまでそう見えるだけ。

映像はもどり、同じシーンがふたたびはじまる。それが千年もくりかえされてきた。

変わったのは自分だけ……

デイトンはキューブを手にとった。左の、本物の手で。悲しげに埃を吹きはらうと、キューブを抱きしめた。

9　フンナク

「くそったれの祭司ども！　こんど会ったら、ただじゃおかないからな……」

シュルクメスは、時間の感覚を失っていた。

旅は地獄だった。まともに呼吸もできない。息を吸っても肺にかろうじて空気が入ってくるだけ。下から跳ねあがる小石が金網にあたり、埃が舞いあがる。からだじゅう臭うし、べとべとだ。鱗状の肌がまだ充分に湿っているのが、唯一の救いだった。

いまになって、自分のミスに気づく。先頭車輛にするべきだった。最後尾ではすべてをもろに受ける羽目になる。最初の数時間はなすすべもなく、ただ悪態をつくばかりだったが、やがてそれもやめた。

およそ三時間ごとに、駅に停車した。

そのたびに、発見されるのではないかと気が気ではない。身を縮めてリュックをつかみ、じっとしていた。だが、なにも起こらない。アーク人もトルクレク＝フン帝国の住民も、どうやら防御網には興味がなさそうだ。

そうでなくとも、埃まみれの薄汚い男は目に入らないのかもしれない。

とりわけ、トリンクマンクのことが気がかりだ。シュルクメスは、この奇妙な鳥に愛着を感じていた。なぜだろう？　理由はわからないし、さほど気にもならない。あと九週間半、わたしは守護星の保持者だ。だれもその愛着を禁じることなどできやしない。

すでに十の駅を通過した。合計三十時間の旅だ……自分が死んでいるのか、生きているのかもわからない。すると、あらたな苦痛がはじまった。それにようやく気づいたのは、列車がふたたび動きだすことなく、周囲の喧騒がやまなかったときだ。

悪臭がした。

排気ガスと糞尿の混ざったにおいが鼻をつく。

「おちつけ、トリンクマンク」シュルクメスはつぶやいた。「いっしょに外にでよう……」

防御網が、かすかな音をたてた。

シュルクメスはまず両脚を前に投げだし、ぶらぶらさせながら、脚にふたたび感覚がもどるのを待った。つづいて、胴体と尾を動かした。最初は脚が体重を支えられなかったが、やがて膝を曲げ、からだをリラックスさせる。

なんとも見事な姿だった。

自分の格好を批判的に見おろした。泥浴をしたあと、汚物にまみれたかのようだった。

まるで浮浪者……嫌悪感と反感の目で見られるトプシダーになった気分だ。

いっぽうで、自分の虚栄心に傷ついた。

その半面、ほっとする。これでは、だれも自分に興味をしめさないはず。だれもが自分を避けてとおるだろう。

マントをとりだし、それを身にまとうと、守護星が見えないようにした。

「あと数分だ、トリンクマンク……そしたら、おまえを解放してやるからな」

慎重に、車輛と車輛のあいだの隙間から顔をのぞかせる。周囲の騒々しさに驚いた。皇帝トルクレク＝アヌルの奴隷たちが急いで駆けまわり、叫び声をあげながら貨物室から郵便袋を運びだしている。

向かい側に、別の列車が入ってきた。

シュルクメスは、それが軍用輸送列車であることに気づいた。

この瞬間、奴隷のひとりに見つかってしまう。相手は豪華な制服をあたかも誇らしげにまとっていた。虚栄心に満ちた傲慢な表情を浮かべている。おそらく監督官だろう……指示を与える役目を担う者だ。

「おい、そこのおまえ！」そのトルクレク帝国人がどなった。

シュルクメスは激しく驚いた。なぜ、ぶじに逃れられると思ったのか。三十時間の苦労がむだになるとは……それでも、まだ諦めるものか！

驚いたように両手を胸にあててみせる。

「わたしのことでしょうか、旦那さま？」

「そうだ、おまえだ！　そこの汚い浮浪者！」監督官は嫌悪感をあらわに睨みつけた。

「とっとと失せろ！　無賃乗車しようだなんて思うなよ！」

シュルクメスは自分の耳を疑った。こんなことがありうるのか？　聞きちがいか？　いや、ちがう！　なんという幸運だ。監督官はこぶしを振りあげて脅すと、踵を返して立ちさった。どうやら、もっと重要な用事があるらしい。

同時に、機関車が警笛を鳴らした。

列車が動きだす。

シュルクメスは、すばやくリュックをホームに投げあげ、自分もよじ登ると、

「おまえは本当に幸運をもたらすのだな、トリンクマンク」と、ほっとしていった。

「数日前、アークの塔でおまえを殺しかけたのに……」

駅ですれちがう人々は、不快そうに顔をしかめたが、だれにも足どめされることはない。このみすぼらしい格好では、自分がエンシュゲルド＝アーク連合からきたとは、だれも思いもしないだろう。

駅前で雑踏にまぎれこんだ。

つまり、ここが皇帝トルクレク＝アヌルの居所、フンナクか。

家々が立ちならぶ。その多くは白く塗られていたが、なかには風化し、薄汚れた家も見られた。それでも、どの建物も高い。六階未満の建物はほとんどなく、いくつかは故郷の村全体よりも広そうだ。

フンナク全体に、駅で嗅いだような悪臭が漂っていた。そのにおいに徐々に慣れてきたが、長くは住みたくない場所だ。魅力といえば、ただ雑踏のなかに身をかくせることだけ。

通りを多くの自動車が行きかう。思いだした。この騒がしい車輛は、新聞でよく見かける。これらが悪臭の一因であることは明らかだ。

数分後、ひっそりした一画を見つけた。

シュルクメスはリュックを開け、ちいさな袋をとりだすと、慎重に開けた。トリンクマンクがごそごそ動きはじめたが、まだ寝ぼけているようだ。

「さ、出ておいで」と、やさしく声をかけた。「飛びまわっていいぞ……食べ物を探しておいで。ここには水もある……見てごらん！」

そう告げ、泉のほとりにすわりこむ。青い鳥は、なかば死んだように這いでてきた。シュルクメスは鳥の翼をつかみ、水面に置いた。

「見てみろ！」

通行人のひとりが目の前で立ちどまった。その背後に、数名の姿が見える。同様にこちらをじっと見つめていた。

「なんの用だ？」シュルクメスは不機嫌にいった。

通行人は、その言葉を無視し、

「見たか？」と、背後の人々に問いかけた。「落ちぶれたものだな。トリンクマンクを手に入れながら、それを虐待するとは。ひどいやつだ」

トルクレク帝国人たちは背を向け、シュルクメスを雑踏のなかに置いていった。さいわい、鳥は徐々に回復していく。空腹を水で満たすと、よろよろしながらも飛びたった。餌を探しにいったようだ。

やがて、またもどってくるだろう。忠実で、時に厄介な相棒として。そして、もうだれも、シュルクメスをそれゆえに軽蔑する理由がなくなるはず。

あの通行人の言葉が、なぜか心に突きささる。思わず、かぶりを振った。だれにも〝選ばれし者〟を非難する権利はない。

シュルクメスは皮肉に思い、笑った。

自分がこのように考えはじめるとは……まるでアークの塔の祭司たちのようだ。どうでもいい。空腹だ。これで最後の食糧がつきる。それを食べながら考えた。これから、どうしようか。

「なるほど！」

監督官は鼻を鳴らしながら口をゆがめ、うさんくさそうにこちらを見つめた。

「いまなんと？」シュルクメスは困惑して訊いた。「どういう意味です？」

「黙れ！」監督官がどなった。そして、獲物を品さだめするかのごとく放浪者の周囲をまわりはじめる。「知りたいことがあれば、こちらから訊く！」

シュルクメスは身をすくめ、口をつぐんだ。なんとしても仕事が必要だったから。

ここは、フンナクのはずれにあたる。

*

道の終点は工事現場だ。

建材があちこちに散乱していた。疲れはてた作業員たちが新しい敷石を運ぶ。基礎工事にあたる者もいれば、ちいさな側溝を掘る者もいた。およそ十頭の訓練された銀河トカゲが重労働を手伝っていたが、繁忙期でなければ、ふたたび捕獲される。通りの両側には穴だらけのテント小屋が立ちならぶ。ここには少なくともトプシダー三百名が住むだろう。その大半はトルクレク帝国人だが、ほかにも異人がいるはず。

目だつことはないはず。きっとそうだ。

うまくいけば仕事にありつける。とはいえ、うまくいかない可能性も同じくらいか。

このいけすかないトルクレク帝国人にトリンクマンクが見つかれば、それだけで充分だ。上空二十メートルを飛ぶ青い鳥は、さらに厄介な問題を引きおこしかねない。

「よし、わかった」監督官がいった。

シュルクメスは安堵の息をついた。

「いや、ちがう！　そういう意味じゃない！」相手が冷笑した。「つまり、じっくり見てやるってことだ。それだけでも、おまえのように落ちぶれたやつにとってはたいしたことだぞ……」

「はい、ご主人さま」シュルクメスが従順に応じた。

「そのマントを脱ぐのだ！　どんながたいをしているのか、見せてみろ。働けるのか？　この仕事は楽じゃないぞ、わかってるのか？」ふたたび、監督官は冷笑を浮かべた。

「さ、脱げ！　それとも、その汚れをまず鱗から落とさなきゃ、なにも見えないのか？　ならば、とっとと消えうせろ！」

シュルクメスは必死に考えた。

思いもしない事態だ。

命令にしたがえば、相手に守護星が見えてしまう。

したがわなければ、ほかの仕事をあたらなければならず、さらに成功の見こみは望めない。

やっとのことで思いついた。苦肉の策だ。マントをまくり、上半身だけを見せることにしたのだ。守護星は布のふくらみにかくれて見えないはず。

「これでよろしいでしょうか？」うやうやしく、訊いてみる。

「筋骨隆々とはいえんな」監督官がいった。「だが、服の下は清潔そうだ。気に入った。採用だ。一日十四時間労働、夜はテントで休め。食事は朝夕二回だ。名前は？」

シュルクメスは正直に答えようとしたが、内なる警告シグナルにしたがった。リスクを冒す必要はない。

「グンヌクといいます」嘘をついた。ガンブカストでも偽名で通したのだから。

監督官はリストをとりだし、なにか書きこんでいる。「賃金は日払いでしょうか？」

「週払いだ。使う機会もあまりないだろうが」

監督官はいらだたしげに、べつのトプシダーを手招きした。そして、その作業員が近づいてくるあいだ、はじめて空を見あげた。驚いたように頸をそらす……視野は上方にも届くはずだが。その目が大きく見ひらかれ、まずはシュルクメスを、次に鳥を困惑した表情でじっと見つめた。

「トリンクマンクを飼っているのか？　どうやって手に入れた？」

シュルクメスは急に喉が渇くのを感じた。

「飛んできたのです。そして、もう手ばなすつもりはありません」

「信じられん……」監督官がつぶやいた。「そんなことがあるのか？　ま、いいだろう。おれはいったことは守る。ナキルス＝イヴフの組に入れ」

＊

両手の鱗状の皮膚はますます厚くなっていく。それでも、単調な日々がなにごともなく過ぎていった。なんといっても、それが重要だ。

トリンクマンクは、つねに近くにいた。

最初はほかの労働者たちが捕まえようとしたが、飼い主になついたトリンクマンクは、ほかのだれにも触れさせることはない。それゆえ、だれもが諦めた。鳥は、シュルクメスがしばらくのあいだここにとどまると理解し、やがて何時間も主人からはなれるようになる。ときには早朝、餌を探しに出かけたまま、夕方までもどらないこともあった。

外界からの情報は、ほとんど耳に届かない。

シュルクメスは、戦争がさし迫っていると知っていた。それはだれもが知るところだ。それでも、ほかの多くの人々同様、最悪の事態にならないよう望んでいた。その場合、自分もまた戦火に巻きこまれることになるから。

もっとも、いまのところまだその恐れはない。だれもが、毎日三時間の自由時間を有効活用しようとした。とはいえ、人里はなれた建設現場にいては、フンナク中心部への小旅行もままならない。シュルクメスは、それらすべてに興味を失っていった。

予期せぬ出来ごとが起きたあの夜までは。それは四週間後のことだった。

＊

シュルクメスは、深い眠りから目を覚ました。

まるで、電気ショックを受けたかのようだ。胸が激しく鼓動する……この感覚を知っているのは、故郷の村の長老が発電機を持っていたから。だが、このテント小屋に電源はない。それはよく知っていた。ここは隅から隅まで知りつくしている。

またただ！

シュルクメスは身をすくめ、ちいさく叫んだ。これがなにかを理解する。守護星だ！守護星が痛みを与えている！　なぜだ？　大祭司の言葉を信じるなら、これはいまだかつてないこと。

ほかの労働者に気づかれたか？

だれもが眠っていた。規則正しい寝息が聞こえてくる。

シュルクメスは慎重に起きあがり、ベッドの前で立ちあがると、そっと外に出た。建設現場は静まりかえっていた。見張りが巡回しているだろうが、近づいてきたらすぐに気づくはず。

またもや、電気ショックだ！

シュルクメスはふたたび身をすくめ、苦痛の声をあげた。守護星が動いているように感じた。大祭司はなんといっていた？　〝時が訪れたら、守護星は保持者に語りかけるだろう〟それが、いまなのか？

〝話す物体について、だれもが一度は耳にしたことがあるだろう。大昔の遺物の話だ……だが正直なところ、守護星が語りかけてきたことはこれまで一度もない〟

だれが、その言葉が真実だと保証できるのか？　もしかしたら、大祭司は嘘をついたのかもしれない。真剣に考えてみたが、すぐに相手には嘘をつく理由がほとんどないことに気づいた。

ふたたび、胸に衝撃を受ける。

こんどは前よりもひどかった。思わず、鋭い悲鳴をあげる。だれにも聞かれていなければいいのだが。周囲は依然として、静まりかえっている。

これ以上の衝撃には耐えられそうもない。

シュルクメスはマントをまくりあげ、守護星を手にとった。明るい星明かりの下、すみずみまで確認する。頸には、引きちぎることのできない鎖がかかっていた。その結び目は祭司だけがほどくことができる。頭が大きすぎて、守護星ごと鎖をとりはずすこともできない。

その物体は、ちいさな星のように見えた。石でできている。その上には、風化した文字が刻まれていた。だれにももう読めない。アークの祭司たちですら、読めないだろう。

突然、守護星が光りはじめた。シュルクメスは驚いた。まるで電球のようだが、まったく異なるものだ。光は数秒ほどつづき、電気ショックが指から全身にはしる。

「いまいましい……」と、つぶやいた。「こんなことがあるはずがない……」

星の角のひとつが砕け、粉のように地面に落ちた。シュルクメスは口を開けたまま、それを見守るしかない。三十秒後、同じ過程がくりかえされた。まず光り、そのあとに衝撃、そして最後にべつの角が砕け、地面に落ちる。さらに、中心部の一部が崩れおちた。

その下に、輝く金属があらわれる。

三分後、突然すべてが終わった。シュルクメスは、完璧な円形物体を手にしていた。これまでの人生で見たことのないものだ。

守護星の……本来の守護星の内部をおおう丸いガラス板。光は一種の外殻を破っただけ。まるで自己浄化のプロセスだ。内部には、未知の光る文字が出現。これまで石の外殻に刻まれていた文字に似ていた。

さらに、ガラス板の下に揺れるちいさな矢印ふたつを見つける。やがて、ひとつは上方を、もうひとつは北西をさししめした。

「信じられない」シュルクメスはふたたびいった。こんどは少し大きな声で。もう、おさえきれない。空では星が輝き、テントのなかは静まりかえっていた。

「そうだ、本当に信じられない！」

シュルクメスは、その声に驚いて振りかえった。すると、わずか五秒のあいだに包囲されていた……突然、あらゆる方向からトルクレク帝国人たちがあらわれたのだ。

先頭は監督官だった。

シュルクメスは動けずにいた。見つかってしまった。うるさくしすぎたのか、あるいは、なんらかの理由で注意を引いてしまったのか。驚きのあまり、周囲に気を配ることができなかった。マントをおろし、光る守護星をかくす。それが鱗にじかに触れ、妙に冷たく感じた。

「やあ、グンヌク！」監督官は自信たっぷりに叫んだ。「最初から、なにか怪しいと思っていた！　おれの直感はいつもあたるのだ！」

逃げられるだろうか？　シュルクメスは注意深く、周囲を見まわした。もはや無理そうだ。どこからともなく、労働者たちが集まってきていた。宿泊所全体が目ざめはじめる。

シュルクメスはマントを脱ぐよう、強いられた。冷たい夜風に震えながら岩塊の上に腰をおろす。興味津々のトプシダーに囲まれていた。五分後、ナキルス＝イヴフもあら

われた。ポケットから警察手帳をとりだし、それを周囲にしめすと、シュルクメスの前に立ち、

「全員、消えうせろ！」と、命じた。「さっさと寝床にもどるんだ！　この件は、わたしが処理する」

群衆は解散した。

監督官と部下五名だけがその場にのこった。シュルクメスはほとんど茫然としていた。岩塊の上にうずくまり、守護星を見つめる。光る文字とふたつの矢印を。

「身分証を見せてもらえませんか？」監督官が丁重に頼んだ。

ナキルス＝イヴフは、身分証をさしだした。

「わたしは皇帝直属の秘密警察工作員で、この件はわが管轄だ。労働者グンヌクを連行する……この男の見張り役としてそこの五名も。きみには、あす連絡する」

「グンヌクはスパイなのですか？　予感があたったのでしょうか？」

「質問はなしだ」

シュルクメスは腕をつかまれた。荒々しく引っぱりおこされ、重罪人のごとく連行されていく。おそらく、重罪人なのだ。皮肉に思った。いつ戦争が勃発してもおかしくない現在、最悪の事態を想定するのがふつうだろう。

その夜のうちに、一行はフンナクの中心部に向かって出発した。さいわい、シュルク

メスはマントを羽織ることが許された。星明かりが道を照らす。

「さて、気分はどうだ？」ナキルス＝イヴファが虎視眈々と訊いた。虜囚のすぐうしろを歩いている。「運が悪かったな。なにかいいたいことはあるか、グンヌク？　おまえはグンヌクだったな？」

「そうだ」

「それとも嘘なのか？　おまえの本名はグンヌクじゃない！　シュルクメスだ！」

「どこに向かっている？」

「この件に関して指示があった。内務副大臣がお待ちかねだ」

「だれのことだ？」シュルクメスは、あまり興味なさそうに訊いた。

まだ、信じられない。大昔の遺物の話……大祭司の声がふたたび耳に響いた。

「内務副大臣については、聞いたことがない」

「問題ない。すぐに知りあえるさ」

10　《オーディン》

一キロメートルはなれた場所から、巨船を見つめた。金属の巨体のまんなかには、ぽっかりと大きな穴が開いている。そこには必要に応じ、さまざまなモジュールが挿入されるのだ。

かつては《オーディン》をほとんど無邪気な誇りをもって見ていた。このような船に乗ると、自分が強大になったように感じる。かつて、わたしは人間だった。あらゆる欠点と弱点を持つひとりの人間だった。

いまでは、すべてが変わってしまった。

この船は、何世紀にもわたって存在してきた。その姿を見ても、デイトンはもうなにも感じない。

《オーディン》はすでに自分の船ではない。〝システム〟の船だ。

いや、もう自分は誇りを感じない。強大になった気もしない。

まるで、この最後の感情まで奪われたようだ……ほかのすべてと同様に。いま自分にのこされているのは、むなしさだけ。

そしてときおり夢のなかで、水晶とグリーンサファイアでできた船が自分を宇宙に運ぶ。星々が見えた。その力、その魔力を感じる。そして、かつて自分の魂を生かしつづけたものをふたたび感じた。

11　偽りのゲーム

突然、目が覚めた。

「水を持ってきてくれ！」ガルクマルン＝ピットが命じた。

ケイシャは急いで部屋を出ていくと、グラスにいっぱいのカラフェを手にもどった。

すでにガルクマルン＝ピットは服に着替え、鏡にうつる自分の姿を確認している。

「工作員はどこだ？　選ばれし者を連れてきたのか？」

「執務室の前室で待っています。選ばれし者の名前はシュルクメスです、お忘れなく」

その物言いに、ガルクマルン＝ピットは息をのんだ。なぜ、秘書ごときに注意されなくてはならないのか。

「いまの口のききかたはなんだ！」思わず、がなりたてた。「選ばれし者の名前は、よくわかっている！」

感情の爆発が、実際問題にもどるきっかけとなった。

避けたかった事態がいま、現実となったのだ。シュルクメスが秘密警察の手に落ちた。

アークの祭司のもっとも重要な聖遺物である守護星とともに。これにより皇帝トルクレク＝アヌルは、エンシュゲルド＝アーク連合に対していくらでも圧力をかけることができる。

もしかしたら、皇帝を阻止できるかもしれない。

いや、きっと無理だ。ガルクマルン＝ピットはそう考えた。あの、何世代にもわたって近親婚をくりかえしてきた家系の末裔が退位することなど、まずない。

板ばさみ状態だ。内務副大臣は考えた。皇帝トルクレク＝アヌルがあの守護星を手にすれば、連合を脅迫するだろう。アークの三頭政治メンバーは、ガルクマルン＝ピットがここまで事態を悪化させてしまったことに理解をしめすはずがない。

したがって、のこされた道はただひとつ。シュルクメスを消さなければ。そして、かれが捕まったことを知る者もすべてだ。

「ケイシャ！」内務副大臣が呼んだ。「執務室に向かうまえに、きみに頼みがある」

＊

この時間帯、建物内はほとんど無人だった。自分と同時に、秘密警察の工作員十名が到着する。暗殺者として訓練された者たちだ。だれもよけいな質問はしない……全員武装し、執務室前の通廊に配置された。

ガルクマルン＝ピットは深呼吸し、ドアを開けた。

なかではすでにケイシャ、秘密警察の工作員ひとり……その名を思いだせない……そして選ばれし者が待っていた。死刑執行の前に、三名全員と話がしたい。あらたな見解が得られるかもしれない。シュルクメス本人だと、どのような状況でわかったのか、ほかに何名がこの件を知っているのか。それは、目の前の工作員だけが知っていた。

「わたしは、内務副大臣ガルクマルン＝ピットだ」そう告げた。警官とその虜囚がにおうことに気づく。鼻をつく不快なにおいだ。

「わたしはナキルス＝イヴフです、内務副大臣殿」工作員は背中をまるめて敬礼し、ほとんど卑屈なほどの敬意をしめした。「フンナク南部の大規模な建設現場で、この男が目にとまりました。ほかの者とはちがい、反抗的で本物の労働者には見えなかったので……」

「手みじかに！」ケイシャが急かした。「内務副大臣には、時間が無限にあるわけではない！」

ガルクマルン＝ピットは秘書をたしなめるように睨んだ。その出すぎたまねがかれらの命を奪うことになる。あと半時間……それがこの三名にのこされたすべての時間だった。この件が外部に漏れることがあってはならない。

「黙れ、ケイシャ」内務副大臣が告げた。そして工作員に向きなおると、「つづけたまえ。すべてを話してくれ」と、うながした。

「はい、内務副大臣殿。一時間ほど前、宿舎で騒ぎがあったため、目が覚めました。駆けつけてみると、そこにシュルクメスがいました……少なくとも、かれが騒ぎの煽動者だと推測します」

「なるほど……」ガルクマルン＝ピットは、みすぼらしい身なりのトプシダーをじっと見つめた。ナキルス＝イヴフが連れてきたその男は、緊張で震えているようだ。ひろい頭蓋骨、黒い鱗状の肌、大きな口……すべてが写真と合致していた。

「まちがいない。この男はシュルクメスだ。この件を知っているのは、何名だ？」

ナキルス＝イヴフは必死に考えた。

「もちろん、わたし自身と、あなたの秘書、それとあなたです、内務副大臣殿……そして、建設現場の目撃者全員です」

ガルクマルン＝ピットは突然、見とおしが暗いことに気づいた。建設現場の目撃者全員だと？　それほど多くの労働者を始末できるわけがない。そのなかにはすでに知りあいに話した者もいるだろう。手紙やそのほかなんらかの方法で、この件が広まっているかもしれない。

悪態をつき、暗い目で工作員を見つめた。

「目撃者がでることをふせげなかったのか？　このまぬけが！」

「不可能でした」ナキルス＝イヴフは必死に答えた。「信じてください、内務副大臣。わたしが到着したときには手遅れでした！　シュルクメスはすでに少なくとも三分間、上半身裸で建設現場に立ち、だれもがかれを見ていました。ですが、奇妙なことが……」

ガルクマルン＝ピットは、希望を感じて顔をあげた。

「なんだ？　上半身裸だと？　早くいえ！　さもないと鎖につなぐぞ！」

ナキルス＝イヴフは震えあがった。顔が真っ青だ。「われわれはシュルクメスが守護星の保持者であることを知っていますが、ほかの者たちはそれを知らないと思われます。知るはずがありません」

「たわけたことを！」ガルクマルン＝ピットがさえぎった。「多くの者が守護星の絵を見たことがある。そうだとわかったはず」内務副大臣は諦めて椅子に腰をおろし、選ばれし者を睨んだ。シュルクメスは、ただぼんやりと前を見つめている。

「そう、それこそが問題なのです！」工作員が叫んだ。「シュルクメスが頸にかけていたものは、守護星には見えませんでした。だれも、そうだとわからなかったはず」

「どういうことだ？」

ナキルス＝イヴフは、片手でシュルクメスのマントをつかみ、得意げに引きはがした。

「ごらんください！」

内務副大臣は驚いた。たしかに……それは守護星ではなかった。かわりに、選ばれし者の胸にはちいさな丸い金属の物体がさがっている。ガラスの下で見たことのないような文字が点滅し、さらにカラフルな矢印がふたつ見えた。

「信じられん……」ガルクマルン＝ピットはつぶやいた。

直感的に、あらゆる計画をくつがえした。暗殺者たちを追いはらわなければ。ここにかれらの仕事はない。突然、気づいた。これは一度きりのチャンスであり、同時に大きな危険でもある。

守護星はどうなったのか？

噂を思いだした。いつか時が訪れたら、守護星は保持者に語りかけると。どうやら、その時がいま訪れたようだ。守護星は語りはじめた……道しるべという形で。

ただ矢印にしたがえばいい……そうすれば、なにが見つかるというのか？

ガルクマルン＝ピットにはわからなかった。だが、それをつきとめるためなら命をかけてもいい。三頭政治メンバーからの指示を思いだす。〝宙航士を探しだして接触し、核爆弾を入手せよ〟きっと、なんらかのつながりがあるにちがいない。

内務副大臣は意を決し、

「聴いてくれ」と、告げた。「シュルクメス、きみもだ！　これは、われわれ全員に関わること……その胸にさがる物体は危険だ。ゆえに、皇帝トルクレク＝アヌルに知らせるわけにはいかない。だれにも皇帝を危険にさらす権利はないのだから」

「ですが、皇帝には知らせるべきです」ケイシャが生意気にも反論した。

「知らせる必要はないし、知らせもしない」ガルクマルン＝ピットが秘書を睨みつける。

「少なくとも、われわれが守護星のすべてを知るまでは。情勢は不安定なのだ。きみもわかるはずだが……とにかく、いまこの場で決めた。部隊を編成し、一時間以内に出発する。このふたつの矢印がしめす方向に進むのだ。だれも口外は許されない」

シュルクメスが、嘲笑するような声をあげた。

内務副大臣はかっとなり、振りむく。

「思いちがいをするな、選ばれし者。守護星を奪われることはないと思っているのか？　それは大きな誤算というもの」

突然、ガルクマルン＝ピットは笑い声をたて、ケイシャに向きなおった。

「方法はあるか？　シュルクメスなしでやれるのか？」

「そうですね……」秘書は知恵を振りしぼるように考えこんだ。突然、その愚鈍な顔が誇らしげに輝いた。「頸を切りおとせば、鎖はかんたんにとりはずせます」

ガルクマルン＝ピットは、選ばれし者のようすを注意深くうかがっていた。それゆえ、男がショックを受けたのを見逃さない……どうやら、協力する気になったようだ。

「ナキルス＝イヴフ、どう思う？」

「それも、ひとつの方法です」

「さ、どうだ！」内務副大臣は勝ちほこったように告げた。「シュルクメス、この状況ではわれわれに協力するしかなさそうだな」

＊

旅は三日間つづいた。

ガルクマルン＝ピットはみずから、秘密警察の工作員十二名を選びだし、トラック二台に荷物を積ませた。

さいわい、シュルクメスはその三日間、従順にふるまった。つねにマントで守護星をおおうよう厳しく命じられ、これを守る。しじゅう、保持者の頭上を青い鳥が旋回していたが、ガルクマルン＝ピットは気にかけなかった。

問題はむしろ、従者のケイシャだ。ガルクマルン＝ピットは心に誓った。いつか、この秘書を殺してやる。

一行は、岩場の多い沿岸地域に到達。さらに四十キロメートル進むと、目の前に大海原がひろがった。そこから、グラグコル＝グメン同盟の独裁者クムルコ＝キムが居をかまえる首都まで五百キロメートル以上ある。

この謎と、なにか関係があるのだろうか？

ガルクマルン＝ピットにはそう思えない。

守護星は依然として方向をしめすが、距離に関してはなにも読みとれなかった。「ここから先、道はありません」ケイシャが報告した。「運転手たちによれば、これ以上は進めないようです」

「なんということだ」内務副大臣は悪態をついた。「では、歩くしかないな」

湿地帯と銀河トカゲの繁殖地を通りぬけた。ここでは護衛の銃だけがせめてもの救いだ。地面は湿って重く、道中は困難をきわめた。密生したフンナク葦に、尾が何度も絡みつく。

もし矢印がしめす海岸沿いになにもなかったら？　実際の目的地が海の向こうにあったら？　あるいはすべてが誤解で、推測したような重要性を守護星が持たなかったら……

翌日、当面の目的地に到達した。

「崖だ！」視力のいいケイシャが叫んだ。「あそこです！　水のにおいがしませんか？」

ガルクマルン＝ピットもそのにおいを感じた。すでに海岸に到達していたが、成果はない。皇帝トルクレク＝アヌルのことを思うと、頭が痛い。なんらかの話をでっちあげるしかなさそうだ。グラグコル＝グメン同盟のスパイの話か、あるいはちいさな反乱の話でもいい……

シュルクメスに近づき、脇に連れだすと、選ばれし者のマントをまくりあげた。

「なにをする？」アーク人が疲れたようすで訊いた。

「心配するな。ただ守護星を少し拝みたいだけだ」

守護星の金属はあいかわらず冷んやりとしていたが、ガラスの下の景色は変わっていた。ガルクマルン＝ピットは啞然として口を開けた。

目を疑う。心の奥底では自分もまだ、アークの祭司たちの教えを信じていたのだろう。守護星は変わらないものだと思っていた。矢印はつねに同じ方向をさししめすと。

だが、方向は変わっていた。

いまや、矢印は北西ではなく南をさししめしている。

「ケイシャ！」内務副大臣は叫んだ。「部隊をとめろ！　ナキルス＝イヴフとともに、こっちにきてくれ！　見せたいものがある！」

十分後、三名の意見は一致した。目的地はすぐ近くにある。まるでコンパスのようだ。磁極に近づくと針が急速に方向を変えるのだから。

「矢印にしたがう」内務副大臣がきっぱりと告げた。「前進だ、ケイシャ！　ほかの者にも指示を出せ！　きみのためにも、すぐに成功を収められるといいのだが！　さもなければ、海に沈めてやる！」

＊

部隊は、海岸沿いを探索しながら進んだ。絶壁の上には、海を狩り場とする飛翔トカゲが漂う。だが、ある地点にだけトカゲの姿がない。ガルクマルン＝ピットがそれに気づいたのは、トリンクマンクがおちつきなく羽ばたきはじめたときだった。

そこから、岩の岬が数キロメートルも海へとつきだしている。岩壁はところどころで高さ三百メートルに達し、割れ目だらけの岩と冷たい波しぶきの狭間を形成していた。

「どうしますか？」ケイシャが訊いた。

「かんたんだ」ガルクマルン＝ピットはもう一度、守護星を見つめた。「矢印はまっすぐあそこをさしている。行くぞ。なにが待ちうけていようと、うまくかくされているにちがいない。進め！　時間をむだにするな！」

岬のはずれには、岩に刻まれた歩道がつづく。もしかすると、その先には見捨てられた砦があるのかもしれない。

ガルクマルン＝ピットは、部下数名を先に進ませ、安全を確認させた。自分自身、ケイシャ、シュルクメス、そしてほかの者たちは、重い荷物を抱えながらそのあとにつづく。銃から食糧、金までなんでも携行していた。

地面は滑りやすそうだ。ガルクマルン＝ピットは慎重に一歩一歩進んだ。南東から押しよせた高波が崖で砕けちると、冷たい雨のように降りそそぐ。旅がはじまって以来はじめて、トリンクマンクが部隊のうしろにとどまった。銀河トカゲという自然の天敵が原因ではない……トカゲもまた不可視の境界を越えてはいないから。

やがて、部隊は岬の半分まで到達した。

その瞬間、前方から声が響く。

「ここだ！」波音にかき消されないほどの興奮した声だった。「あそこになにか見えるぞ！」

ガルクマルン＝ピットは慎重さを忘れた。わかっていたとも！　この守護星にはなにか特別なものがあると。そして、それがいま明らかになるのだ。

内務副大臣は息を切らしながら、人の背丈ほどの岩塊によじ登ると、次の岩に跳びうつり、部下たちの横でひざまずいた。そこで目にしたのは、予想をはるかにしのぐものだった。

そのようなものについては噂があった……だが実際に目のあたりにするのとでは、まったく異なる。

「おちつけ……」自分にいいきかせるようにつぶやく。「命じるまで、だれも発砲してはならない」

岩塔のあいだの、まるで自然の鉢のような場所に奇妙な物体が横たわっていた。楔形（くさび）だ。全長二百メートル。後端の高さは八十メートル。無数の窓、パイプ、針のような突起がその外観を飾っていた。全体としては、むしろグロテスクだ。ガルクマルン＝ピットは、目の前にあるものがなんであるか、ようやく理解した。

これは飛翔マシンだ……

宙航士たちだ！

ガルクマルン＝ピットは、たちまちこの状況を受けいれた。武装した部隊を率い、宙航士たちを見つけたのであれば、これを利用しない手はない。さまざまな考えが頭を駆けめぐる。

いや、いまはまだ決断をくだす時ではない。まずは、異人たちと話をしなければ。

「ここで待つように！」部下たちに命じた。「シュルクメス、いっしょにきてくれ。きみは守護星を持つ。それが役にたつかもしれない。だが、逃げようとするな。つねに銃二挺（ちょう）を背中に向けておくから」

「ですが、内務副大臣」ケイシャが異議を唱えた。「なぜわたしではなく、この男を連れていくのです？」

「きみは愚かすぎるからだ。黙れ、さもなければ海に投げこむぞ」

それでも、秘書は黙らない。

「内務副大臣、なにをするつもりなのですか？　そこにだれか見つけたのですか？」

「まだだれも」声に凄みを利かせた……この厄介な部下には充分な脅しになるといいのだが。「だが、だれかを見つけて話をするつもりだ」

「それは皇帝の役目ではありませんか？　つまり、われわれには許されない……」

ガルクマルン＝ピットはなにもいわずに部下をその場にのこし、目の前の岩をよじ登り、おりていく。すぐうしろにシュルクメスがつづいた。やがて、岩壁に囲まれたくぼ地の底にたどりつく。

「マントを脱ぐのだ！」内務副大臣はシュルクメスに命じた。「われわれが理由もなくここを訪れたのではないことをしめそう。異人は、守護星を知っているかもしれない」

シュルクメスは不機嫌そうに唸った。

「凍えそうだ」

ガルクマルン＝ピットの我慢は限界に達していた。振りかえり、シュルクメスのマントを乱暴に引きはがす。マントはずっと上のほうに落ちた……帰りに拾わなければ。

「もうなにもいうな、いいな？」

「わかった」シュルクメスは答えた。「うしろを見ろ、内務副大臣」

ガルクマルン＝ピットはそのとおりにした。

目の前にふたつのシルエットが、まるで虚無から出現したかのように立っていた。内務副大臣の目は驚きで見ひらかれた。鱗が乾いた感じがする。喉も同様だ。異人ふたりが近づいてきた。いまだかつて見たことがないような姿だ。

「われわれの言葉がわかるか？」

その声は波しぶきの音にかき消されることなく、届いた。明るく細い、やや聞きなれない響きだが、それも当然のこと。

ひとりは、鱗も尾も大きな口もないトプシダーのように見えた。細い脚二本で立っている。青白い肌はライトグリーンの服に包まれ、頭には黒っぽい毛が生えていた。

話しかけたのは、この者だ。

「もう一度訊く。われわれの言葉がわかるか？」

ガルクマルン＝ピットは、勇気を振りしぼり応じた。

「わかるとも」可能なかぎり高飛車に出て、不安を悟られまいとする。「わたしは内務副大臣だ。きみたちは何者だ？　ここは皇帝トルクレク＝アヌルの領地であり、わたしはその代理だ！」

異人ふたりがさらに近づいてきた。

「わたしはペリー・ローダン」先ほど話しかけてきた異人が告げた。そのちいさな歯が、白く光り輝く。「心配無用だ。きみや皇帝に危害をくわえるつもりはない」

もうひとりは、さらに奇妙な姿をしていた。身長は一メートル足らず。褐色のつややかな毛に全身がおおわれていた。口から大きな一本牙がのぞく。動物なのか？　ガルクマルン＝ピットはそう思ったが、早急な結論は禁物だ。

「そのとおりさ、内務副大臣！」毛むくじゃら生物がきんきら声で叫んだ。「早急な結論は禁物だよ！　ぼくの名前はグッキー！　あんたたちふたりと、ちょっぴり話がしたいんだ！」

興奮のあまり、そのちいさな生物に思考を読まれたことに気づかなかった。いまや、異人と至近距離で対峙している。ガルクマルン＝ピットは不安を覚えた。かれらが善意の宙航士だと、どうして確信できるものか。

そこで、皇帝トルクレク＝アヌルの極秘プロジェクトを思いだす。それは、奇蹟の兵器に関するものだった。少なくともそれはたしかだ。

ガルクマルン＝ピットは決意した。率直に話してみよう。

「遺憾ながら、われわれはいま、奴隷も政治犯も連れていない」と告げてみる。「だが、〝核爆弾〟をわたしてもらえたら、すぐにかれらを提供しよう」

12　トプシドの秘密兵器

ローダンは、驚きから立ちなおるのに少し時間がかかった。

少なくとも、もっとも重要な情報は正しかったわけだ。ＮＧＺ一一四四年のトプシダーはまだインターコスモを話している。軋むようなかすれ声だが、理解はできた。それでも、このガルクマルン＝ピットという男が最初に発した言葉には驚かされた……この内務副大臣はなぜ、よりにもよって核爆弾を要求してきたのか？

「ねえ、ペリー」グッキーがささやく。風の音にかき消されそうなほどの小声だった。

「もうひとりの胸にあった物を見た？」

「もちろんだ。思うに、ミニ探知機ではないか」

「そのとおりさ。それで《シマロン》が見つかったんだよ。あれがトプシドで目にしたはじめてのハイテク機器ってこと。でも、ふたりの思考を読むかぎり、それ以外なにも持ってなさそうだ。ぼくらみたいな異人を見るのもはじめてみたいだよ」

トプシダーは、かなりの安全距離を保って立っていた。それでも、ローダンはふたりがかなり勇敢に思えた。少なくとも、宙航士と対峙することはめったになかっただろうに。かれらの文明は、テラの二十世紀初頭といった段階なのだ。

ローダンは、次のように告げた。

「ここは湿気があるし、波音がうるさいな。われわれの船のなかで話さないか？　とりわけ核爆弾について。心配無用だ。危険はない」

「怖がってなどいない」ガルクマルン＝ピットが憤然と答えた。「いいだろう、いっしょに行こう」

＊

意図的に、技術装置がほとんどない居心地のいいキャビンを選んだ。

そこには、トプシダーがその尻尾ごとうまく腰をおろせる椅子もある。

ガルクマルン＝ピットも、もうひとりのシュルクメスという名の男も、すぐに順応した。ローダンはふたりの冷静さに感心するばかりだ。

グッキーは確信した。ふたりは、これまでトプシダー以外の生物と接触したことがない……いままさに、最大のカルチャーショックを受けているようだ。

ふつうなら、その状況に置かれた者はすぐに銃を撃つか、ヒステリックに逃げだすだろう。

ところが、このトプシダーたちはちがった。

「利己主義だからだよ、ペリー」ネズミ＝ビーバーが休憩中に説明した。「ふたりには、それぞれ問題がありそうだ。ガルクマルン＝ピットは自分のことを名スパイだと思ってる。ぼくらとコンタクトしなくちゃなんないみたい。なぜなら、窮地に立たされているから。上司とはほとんどうまくいってないし……その皇帝トルクレク＝アヌルやらとも、ほぼだめみたい。ここにくること自体、禁じられてたようだよ」

「で、シュルクメスは？」

「ただぶじにこの事態を抜けだしたいだけ。そのほかのことはどうでもよさそうだよ。あのミニ探知機はテルコニットの鎖で頸に固定されてて、自分ではずせないみたい。文化的意味がある物らしいよ」

ローダンは、巧妙にトプシダーふたりから話を引きだした。自分の意図を明かさずに、ただ耳を傾けただけで。

休憩後、次のような状況が明らかになる。皇帝トルクレク＝アヌルは未知の宙航士たちと接触していた。まもなく船が到着し、奴隷や政治犯と引きかえに、核爆弾が届く予定だ。

だが、なぜそのようなことを？

この件は、ガルブレイス・デイトンとどう関係するのか？　友がその未知の提供者なのか？　信じたくない。デイトンがそこまで堕落したとは思いたくなかった。

だれであれ、トプシダーに興味がある者は、どこかの村でかんたんに住民を集めることができるはずだ。宇宙船は、この惑星のあらゆる武器に対して圧倒的優位なもの。カンタロが背後にいるのか？　ならば、特定の遺伝子素材や煽動的先住民を狙っているのかもしれない。

そして、その対価として核爆弾が用意されているわけだ。

もちろん、皇帝トルクレク＝アヌルが本当に核兵器を望んでいるかどうかはわからない。おそらく、空約束かもしれない……だが、そうでなければトプシドがヒロシマのような惨劇に見舞われる可能性がある。その場合、原子力時代のテラと似たような状況におちいるだろう。

取引を阻止しなければ。

「質問がある、ガルクマルン＝ピット……」

「なんだ？」トプシダーのまるい目に警戒の色が浮かんだ。「話せ、ペリー・ローダン！」

「核爆弾を積んだ船はいつ到着するのか？」

内務副大臣は困惑をかくさずにいった。

「なにをいっている？　きみたちが……いや、理解したぞ！　きみたちは詐欺師だ！

提供する気などないのだな！　だが、運が悪かったな。本物の船がいつ到着するかは知らない！」

　ローダンは、これ以上の答えを期待していなかった。そもそも、この名スパイを信用するわけにはいかない。グッキーだけが頼りだ。グッキーはずっと、トプシダーふたりの思考を探っていた。ところが、ネズミ＝ビーバーが残念そうにかぶりを振る。なにも得られなかったという意味だろう。

「さて、ガルクマルン＝ピット。聞いてくれ。きみの素性をわれわれはすべて知っている。ごまかすことはできない。きみは、エンシュゲルド＝アーク連合のスパイであり、皇帝トルクレク＝アヌルに敵対する者だ」

　内務副大臣はあんぐりと口を開けた。

　もうひとりのトプシダー、シュルクメスは感情を顔に出さないタイプだが、人間の目には、とりたてて聡明には見えない。

「でもって、ぼくらはあんたをいつでもかんたんに告発できるのさ」グッキーがつけくわえた。「ただし……」

「ただし？」ガルクマルン＝ピットが慌てていう。「いってくれ、なにが望みだ？」

　ローダンはイルトに共謀的な視線を投げた。「少しだけ協力してもらいたい。トルクレク＝アヌルが取引日時を知っている可能性はあるのか？」

「知っているはずだ」ガルクマルン＝ピットはうなだれた。「だが、皇帝は決してそれを明かさないだろう」

「きみを信頼しているかもしれない」

「わたしを？　もうそれはない。許可なしにここまできてしまった。信頼をとりもどすには何年もかかるだろう」

ローダンは笑みを浮かべた。

「もし、きみを一時間以内にフンナクにもどしたとしよう。今日じゅうに皇帝と会うことができるか？」

「謁見か？　聞け、ペリー・ローダン、わたしは協力しない。ここから出たいだけだ！」

「もう手遅れだ！」テラナーは譲らなかった。「質問に答えてくれ」

ガルクマルン＝ピットは考えこみ、

「可能かもしれない」と、打ちひしがれたように認めた。「口実があればだが。だが、なんといえばいい？」

「それは、きみの問題だ。こちらの望みは、きみが皇帝に質問をひとつすること。トルクレク＝アヌルに、爆弾がいつどこに到着するかを訊いてもらいたい」

「すでに、皇帝はその質問に答えることを拒否した」

「それでもかまわない」ローダンがグッキーにほほえみかけた。この種の問題はイルトが容易に解決する。「ただ質問するだけでいい。それに心配は無用だ。謁見後は、ぶじにここにもどれるようにするから」

＊

グッキーは、半日もしないうちにトプシダーを連れて船にもどってきた。ガルクマルン＝ピットとシュルクメスは《シマロン》にとどまることになる。不本意とはいえ、ローダンにはふたりの協力が必要だったから。

「どうだった、ちび？」

ネズミ＝ビーバーは、にっこりと一本牙を剝きだし、

「かんたんだったよ」と、誇らしげにいった。「最初はガルクマルン＝ピットもかなり面食らったみたい。なんせ、テレポーテーションははじめてだったから。でも、たいしたやつさ。十分後には、もう一貫した話をしはじめたよ」

「本題に入ってくれ」ローダンが頼んだ。「急かすつもりはないが……」

「わかってるって、ペリー。内務副大臣は内陸部で反乱グループを発見し、みずから壊滅させたっていったんだ。トルクレク＝アヌルは大喜びで、かれを内務大臣に昇進させようとまででした。でもって、ガルクマルン＝ピットが爆弾について質問したとたん、皇

帝は急に不機嫌になったんだ。あの騒ぎを聞かせたかったよ、ペリー！」

「で？　答えは？」

「トルクレク＝アヌルはなにもいわなかったけど、思考したからね。宙航士たちがいつ到着するか、わかったよ。四日後の十一月十四日だ。船の名は《アヌビス》さ」

「中旬か」ローダンがつぶやいた。「ちょうどガルブレイスが到着を予告した時期だ。気に入らないな……で、場所は？　どこで取引があるのだ？」

「《シマロン》をその場所に案内するよ。ガルクマルン＝ピットとシュルクメスも連れていこう」

13　ガルブレイス・デイトン

　数時間前から、探知装置はオリオン＝デルタ星系に侵入してきた異船を捕捉していた。惑星からはその正体を特定できない。それは《オーディン》かもしれないし、《アヌビス》かもしれない。

　正午近くになって通信メッセージが届いた。

　平原には、虜囚およそ千名を連れたトプシダー部隊が立っていた。だが《シマロン》が介入可能なかぎり、取引は阻止されるだろう。

　今日は十一月十四日。テラナーたちは近くの山中に身を潜め、じっと待っていた。

「メッセージです！」

「見せてくれ！」ペリー・ローダンが叫んだ。

「ちょうどいま、届いたところです」イアン・ロングウィンが告げた。「スクリーンを見てください」

〝《オーディン》のガルブレイス・デイトンより、ペリー・ローダンに告ぐ。着陸を許

可されたし〃

「思ったとおりだ」と、レジナルド・ブル。「これで、事態はそれほど複雑ではなくなるでしょう」

つまり《アヌビス》ではないということ。ローダンは状況を理解できない。空高く、オリオン＝デルタ星系の二重恒星が輝く。テラナーは、紫色の伴星を周回する搭載艇に思いをはせた。船内二カ所には作動中の転送機がある。もし罠がしかけられていれば、《シマロン》は五分以内にからっぽになるだろう。

ところが、挨拶はきわめて友好的なものだった。

デイトンは着陸許可まで求めてきた。これは皮肉か？　いや、ちがう。ローダンは考えた。旧友は、なにがあってもわれわれを怖がらせたくないのだろう。それに、ほかの船が到着する気配もない。

「探知結果は？」ローダンは訊いた。

「ほかにはなにも」ラランド・ミシュコムが応じた。「《オーディン》だけです」

「ならば、待つ必要はないな。次のメッセージを《オーディン》に送ってもらいたい。〃着陸を許可する。われわれはきみを待っている、ガル。ペリーより〃」

「少し補足させてもらっても」ずんぐりむっくりした赤毛のレジナルド・ブルが口をはさんだ。「下の平原には虜囚を連れたトルクレク帝国の連中がいます。かれらにわれわれの動きを知らせる必要はありません。どこかの無人島で落ちあいましょう」

「そのとおりだな」ローダンが応じた。そして副操縦士に向かって告げる。

「ブルがいったとおりにしよう、ラランド……聞いていただろう？　どこかの無人島を選んでくれ」

＊

その島は中規模の町ほどの大きさだった。草木が生いしげる肥沃(ひよく)な土地もあれば、水のないただの砂地もある。高台はほとんど見あたらなかった。

「住民はいないのか？」ローダンは再度確認するように訊いた。

「少なくとも痕跡はまったく見あたりません」ラランド・ミシュコムが応じた。

荒涼とした平原は静まりかえり、動くものはなにもない。ただ風が、砂埃を岸辺へと運ぶばかり。

ローダンは判断した。これ以上、躊躇(ちゅうちょ)する理由はない。

「では、着陸しよう。イアン、《シマロン》がつねに防御態勢を保てるようにしてくれ。必要とあらば、瞬時にバリアを展開できるように。さらに転送機も確保してもらいたい」

「もちろんです、ペリー。すでに、すべての準備は整っています」

十分も待つことはなかった。空に、ほとんど見えないほどちいさな銀色の光点があらわれた。その点はたちまち大きくなり、巨大な球体を形成。それは実際、ガルブレイス・デイトンの《オーディン》だった。直径五百メートルのモジュール級戦艦だ。

「防御バリアは展開させていない……」レジナルド・ブルがつぶやいた。「嘘ではないようです。戦うつもりはないらしい。約束どおり、なにかプレゼントを持ってきたのかもしれませんな」

その船は以前の巨大船、《マルコ・ポーロ》や《ソル》とは大きさにおいてもちろん比較にはならない。とはいえ、新型船のほうがはるかに性能はいい。

船は、羽根のように軽やかにおりてきた。

ローダンは一瞬、息をのんだ。

もし、デイトンがなにかよからぬことをたくらんでいたらどうする？　だが、少なくとも危険はなさそうだ。《オーディン》のような船なら、すでに着陸している《シマロン》を危険を冒すことなく撃破できるはずだが。

「通信が入りました」ラランド・ミシュコムが報告した。

「モニターにうつしてくれ」

ローダンは、ブルとともにモニターに向かって前のめりになった。最初、画面にはなにも見えなかったが、やがて単純なシンボルがあらわれる。装飾文字のＧ。つづいて、同じく装飾されたDだ。

GD……ガルブレイス・デイトン。

「聞こえますか、古き友よ？」

その声は、ローダンの心の奥底に響いた。突然、涙があふれそうになる。

ただ、このゲームにおけるデイトンの役割がわからないのがつらい。

その声には、無数の思い出が、ともに乗りこえてきた数々の冒険が詰まっていた。

だが、なにかがちがう。ローダンには、なにがちがうのか、わからなかった。

「聞いていますか、ペリー？」レジナルド・ブルが音声チャンネルを一時的に切り、訊いた。「あれは本物の声ではありません。ガルは、ボイス・チェンジャーを使っています。あれは人間の声帯から発せられたものではない」

テラナーは、ふたたび音声をオンにした。もちろん、いまはローダンもそれに気づいた。

「……聞こえますか？」かろうじて聞こえた。「どうです、ペリー？　われわれ、何光年も飛びつづけてここにきました。だからこそ、この時間を有効に使いましょう。あなたとわたし、ふたりきりで。この船の乗員を全員おろしますから、《オーディン》で会いませんか。そして、約束したプレゼントを贈ります」

「ハロー、ガル」ローダンがかすれ声でいった。「それが本心だと、どうしてわかる？」

　デイトンは、しばらく沈黙した。

「いまの言葉に深く傷つきました。なにがあったのです、それほど疑り深くなるとは？」

「いろいろなことがあった」

「ならば、グッキーに任せるしかありませんね。わたしがハイグフォトを降ろしたことを確認してくれるでしょう。そして非武装で、なんの装備も持たずにいることを。だれも船にのこしません」

「それでは不充分だ、ガル……申しわけないが！　きみが本物のガルブレイスで、クローンではないと、どうしてわかる？」

「ならば、なぜきたのです？」その声は怒りに震えていた。「ホーマーに煽られたのですね。ペリー！　お願いです！　昔を思いだしてください！」

　ブルは、ふたたび音声を切り、

「どうするつもりです？」と訊いた。「まさか、かれを信じるのですか？」

　ローダンは決めかねて、シートに沈みこんだ。たしかに、デイトンのいうとおりだ。なぜ、ここにきたのか？　そして、相手が平和目的でここまできたことは証明されたではないか？

　ふたりのあいだには大きな溝があった……七百年の歳月という溝だ。それでも、ローダンは直感にしたがった。友が敵と化したとは信じられない。

　テラナーは、ふたたび音声スイッチを入れた。

「わかった、昔のよしみだ。これからそちらに向かう、ガル」

＊

《オーディン》のエアロックからハイグフォトたちが次々と出てきた。望遠カメラがクローン生物の姿をとらえる。いずれも身長二メートル半ほど。エルトルス人の遺伝子から生まれた存在だ。顔はほとんど区別がつかず、全員が同じ三日月形の髪型をしていた。脳を持たない戦闘マシン……対戦相手としては、ほぼ無敵だ。

　ただし、欺かれないかぎりだが。

　その事態にそなえ、ハイグフォトのなかには部隊指揮官らしき者が混じっていた。どうやらテラナーあるいは人間のクローンのようだ。かれらがこの集団を統率するのだろう。

「何名だ？」

　イアン・ロングウィンは、シントロニクスに問いあわせた。

「正確に五百十名です、ペリー。探知装置はわずかな金属のシュプールしかしめしていません。つまり、ふつうの衣服だけ。それに散乱放射も検出されていません」

「約束どおりだ」レジナルド・ブルが考えこむようにいった。「ですが、ふつうの乗員がいないのは妙ですね」

「銀河系において、ガルブレイス・デイトンには恐れるものはない」ローダンが応じた。

「だから、シントロニクスだけで充分なのだ」

このとき、ようやくグッキーが精神集中を解く。ネズミ＝ビーバーは一本牙をしまい、不協和音の口笛を吹いた。

「ぼくならもっと慎重になるけどね、ペリー。いっしょに連れてってよ。ガルには内緒で……」

「だめだ、ちび！　必要に迫られないかぎり、不正はしない。それにガルブレイスは賢いぞ。現在どのような立場にいるかはわからなくとも、ガルのことはよく知っている。それゆえ、とりきめは守らなければ」

「怖くないの？」グッキーが訊いた。

「テレパスだろ？　どうなのだ？　ガルのいうことはぜんぶ本心なのか？」

「部分的にはね」

イルトはそう応じると、テレキネシスで椅子をひとつ引きよせ、ブルとローダンの前に置いた。そして、まるで無限に時間があるかのように悠然と腰をおろす。

「ひとつたしかなのは、ガルが本当に全員を降ろしたってこと。船にはガルひとりしかいないよ」

「つづけて！」レジナルド・ブルがネズミ＝ビーバーをうながした。「のんびりしてる場合じゃないぞ、ちび！」

「わかったってば。もちろん、ガルの心も読もうとしたさ。でもそれは、昔からほぼ不可能だった。知ってるよね、ガルは半ミュータントで、メンタル安定人間なんだから。とにかく、ひとついえるのは、ガル自身はガルブレイス・デイトンだって信じてる。クローンじゃない。本物だって思ってるよ」

ローダンは決断した。

「これ以上、なにもできないな。グッキー、テレパシーでわたしとつながっていてくれ」

「待ってください、ペリー！」レジナルド・ブルが叫んだ。「あなたのセランです！防護服が必要になるでしょうから！」

ローダンは振りかえり、友を一瞥する。

「なんのために？《オーディン》のなかでは役にたたないが」

進もうとしたところ、イルトが行く手をふさいだ。

「あんたが利口じゃなくっても、ぼくたちのためにだよ。さ、これを着て！」

　グッキーはそういい、テレキネシスで防護服を浮かせる。ローダンはため息をつき、友の助言にしたがった。

＊

　牽引ビームにとらえられ、ペリー・ローダンは足もとの感覚を失った。ゆっくりと宙に浮かびあがる。視界を満たすのは、まだ部分的にむきだしの亀裂だらけの金属だった。曲面の一部に光るちいさな長方形がひとつ見える。エアロックだ。

　一瞬、ローダンは振りかえり、平原の向こうはしにそびえる《シマロン》を見やった。万が一の陰謀にそなえ、いつでも介入できるよう準備万端だ。だが、もし問題が起きたら……技術的に劣る船が《オーディン》に対抗できるはずがない。

　いや。ローダンは思った。デイトンとは自力で交渉するしかない。

「ペリー！」

「ガル？」ローダンは目を凝らした。やがて、エアロックの中央にたたずむぼんやりとした霧状のシルエットを見つけた。牽引ビームが、テラナーをやさしく降ろす。

　ローダンは、探るように手を伸ばした。

「ガル？　きみなのか？」

「そうです、ペリー」霧のなかからためらいがちな声が聞こえた。「わたしです」

「ならば、なぜマスクを？」

「あなたを驚かせたくなくて。わたしの外見は……少しばかり変わってしまったから」

「マスクをはずしてくれ！」

ローダンは息をのんだ。突然、霧が消え、目の前に男がひとり立っていた。いずれにせよ、それが最初の印象だった。

「ガルブレイス？　おお、なんてことだ……」

その姿は人間に似ていたが、人間ではなかった。少なくとも、このような存在をまだ〝人間〟と呼べるとは思えない。

「あなたを傷つけたくなかったのです、ペリー」デイトンの声は急に無感情になった。そのほうが、ボイス・チェンジャーよりもずっとそのボディに似合っている。

「わかるよ。だが、そのぶんショックは大きい」

その顔は、ローダンが千年前に知りあい、敬愛してきたガルブレイス・デイトンを思いださせた。特徴的な顔だちはまだ同じだ。それでも、頬は波形の金属で、目は青いレンズ、口は楕円形の可動式プラスティックだった。

それでも、なぜかその顔には表情がある。ローダンには、まるで相手の感情がはっきりと読みとれるように思えた。

デイトンの頭からは、無数の細いアンテナが生えている。その色は、ローダンがはっきりと覚えている、手入れの行きとどいた黒髪を彷彿とさせた。

「どうしてこうなったのだ、ガル？」

短時間のうちに、二度も涙をこらえた。いまは弱さを見せてはならない。

旧友のからだには、もはやもとの姿に似た部分はない。ヒューマノイドの基本形状は保たれてはいるものの、素材がまったく異なるようだ。腕には計測器がとりつけられ、インケロニウム製の関節が最適な安定性を確保する。その脚は溶接された廃材のように見えた。ふぞろいで斑だらけだ。

きっと、特別な理由があったのだろう。

ローダンは、さらに質問をするのをやめた。

デイトンの胴体は半透明の金属からなる。ケーブル接続口や追加の関節、供給口があった。多くのスイッチ・エレメントは外部からその機能が推測できる。

肩には地味な帯がかかり、背中の一部と上胸部をかくしていた。

心臓の位置に、楕円形のふくらみが見える。

「わかったでしょう、ペリー。わたしはサイボーグです。手つかずなのは、体内のほんの一部だけ。もちろん脳も」

「わかった……その姿に慣れるしかないな」

「その機会はあります、友よ。話したいことがたくさんあるのです。こちらへどうぞ、わたしのキャビンでゆっくり話しましょう」

ローダンは本能的に拒否した。

「待ってくれ、ガルブレイス。なにか話す前に、ひとつだけ確認したいことがある」

「なんでしょう？」デイトンが金属製の眉を上げた。

「トプシドのことだ。われわれはここを調査した。今日、《アヌビス》という船が到着すると聞いている。船はトプシダーに核爆弾を届け、かわりに政治犯を連れかえることになっていると……」

デイトンは驚いたようすでローダンを見つめた。まるで友が正気を失ったといわんばかりに。「で、それを信じたのですか？　事実はこうです。《アヌビス》はわたし自身が迂回させました。われわれのじゃまにならないように。ですが、積荷は核爆弾ではなく、農業機器です。船の任務は人道的なもの」

「援助物資というわけか？」ローダンは友の言葉が信じられない。「なぜトプシドを破壊しておきながら、いまさらマシンを提供する？」

「破壊したわけではありません！　すべては事故でした！」デイトンが憤慨したようすで主張する。「六百年ほど前、ロボット胞子が逃げだし、すべてを廃墟にした。われわれはいまでも、その影響と戦っているのです」

「その話はやめよう」ローダンは、デイトンの言葉が信じられない理由がわかった。銀河系文明をもってすれば、トプシドを短期間で再建するのは容易だったはず。ところが、そうはならなかった。

「わかってください、ペリー」ガルブレイス・デイトンの声は、ほとんどおだやかに響いた。「われわれの仲をだれにもじゃまされたくないのです。そろそろ、約束したプレゼントの話に移りましょう。太陽系への通行権をさしあげます。わたしに同行すればいい。ただし、ひとりで武器なしで。もちろん、あなたの安全は保証します」

ローダンは、ほとんど平静を失いそうになった。

デイトンは金属の顔に大きな笑みを浮かべた。

「気に入ったようですね。返事は急ぎません。わたしのキャビンに行きましょう」

＊

「ここが、わたしのかくれ家。なにもかもがいやになったとき、ここに引きこもるのです。このような場所があってほっとします」

デイトンのキャビンは、そのボディとは対照的だった。ローダン自身も、ここでは懐かしい感じがした。フェロル・ウールのカバーがかかった快適な寝椅子、革製のアームチェアに、居心地のよさそうな応接セット。片隅のテーブルには、ローダンがあまりによく知るホログラムが置かれていた。ジェフリー・アベル・ワリンジャーが、デイトンの二百九歳の誕生日に撮影したものだ。

そこにうつるのは、ローダン自身、アトラン、ブリー、フェルマー・ロイド、グッキー、ラス・ツバイ、イホ・トロト……幸福だった日々の写真だ。

その隣りに、ローダンの心に突きささる一枚の写真があった。すらりとした表情豊かな美女……ヴァニティ・フェア。そういえば、デイトンも彼女と一時期つきあっていたことを思いだす。

「どうぞ、かけてください、ペリー。飲み物は？」

「いや、けっこうだ」

「それでは、いくつか説明しましょう。あなたは長いこと、何百年も不在だった。そのあいだにすべてが変わった。いまや銀河系のあらたな支配者は、カンタロとその配下のナックです。とはいえ、その上にはさらに〝ロードの支配者〟がいます……聞いたことがありますか？」

「あるとも。あまりいい話ではなかったが。その〝ロードの支配者〟とやらは何者なのだ？」

デイトンは沈黙した。

「ほかの銀河からきた異人なのか？　それとも、その名の下にテラナーがかくれているのか？」

その言葉に、デイトンは謎めいた笑みを浮かべた。

「それはいえません。とりわけ、あなたの最後の推測は近いかもしれない。太陽系を自分の目で見るまで待ってください！　あなたは招かれているのです。すべてを自分の目でたしかめることができる！　いまのテラは真の楽園、障壁のない世界なのです……」

「本気でいっているのか、ガル？」ローダンはサイボーグを疑わしげに見つめた。「太陽系については知っている。バリアの奥にかくされているようだ。理由はなんだ？　答えてくれ！」

デイトンは話をつづけた。

「自分の目でたしかめるのです、ペリー！　どれほど長いこと、われわれが人類を幸せにしようと試みてきたことか。失敗の連続でした。最初からとりくみかたを誤ったのです。いまのテラは芸術の頂点を迎えています。科学は毎日、あらたな勝利を祝っている！　だれもが幸せなのです！」

「ばかな」ローダンが冷たくいった。

「そうでしょうか？　ホーマーを気の毒に思います。かれも、わたしやあなた同様に細胞活性装置保持者です……それでも、地下で動物のように暮らしている。〝システム〟にしたがうのは容易なこと。だれもが壮大な計画の一部となり、楽園の市民になる権利があるのです。つまり、太陽系で」

「またもや、ばかげているな」

「なぜ、そう思うのです？」デイトンが傷ついたようにいった。

「常識だ。それに、先ほどの提案だが、《シマロン》ごとでよければ、喜んで受けいれよう」

「それは、無理というもの」

「なぜだ？」

「そういうことなのです。太陽系人類は、みずからの安全のために隔離されました。わたしに、それを変える力はありません。それでも、秘密を教えてあげましょう。何世紀にもわたって、〝それ〟はただの一度も姿をあらわしていない。だからテラナーは、みずからを超越知性体に進化させようとしているのです」

「本当なのか？　きみが信じられない。きみはもう昔のガルではない」

「どうすれば、納得できるのです？」

「いくつか質問に答えてくれ」

デイトンは無防備な笑みを浮かべた。金属の顔だが、率直さがあらわれている。

「なんでも聞いてください、ペリー！　かくしごとはありませんから！」

「では最初の質問だ。ゲシールはどうなった？」

デイトンは遺憾そうに腕をひろげた。

「わかりません。エスタルトゥのどこかで行方不明になったのかもしれない」

「ふたつめの質問だ。銀河系において大きな力を持ち、ゲシールの子供である可能性のある者を知っているか？　異質な姿をしているかもしれないが、コスモクラートの遺伝子を持つ者だ」

「いいえ、知りません」

「ならば、少し軽い話をしよう」ローダンは興奮気味に、部屋を歩きまわりながらいった。「ペドラス・フォッホという男がどうなったかを知りたい。かれは《ナルヴェンネ》という宇宙船に乗っていた……」

「その船なら知っています！」ガルブレイス・デイトンが勝ちほこったように叫んだ。

胸にかかる肩帯が揺れたが、胸にずれることはない。「《ナルヴェンネ》は繁殖惑星シュウンガーのあるセファイデン宙域で乗員ごと破壊されました。かれらは不注意きわまりなかった。その宙域にあるカンタロの繁殖惑星を探ろうとしたようですが、カンタロの安全対策は鉄壁ですから」

ローダンは茫然と椅子に腰をおろした。

「なにか飲みたいのだが。水を一杯もらえないか、ガル」

「すぐに」

数秒で不可視の装置がその願いをかなえた。

「ガル、率直に話したい……」ローダンはようやく、なにがいちばん気にかかるのかがわかった。「問題はきみのからだだ。われわれの古き友ガルブレイス・デイトンのどれだけがのこっているのだ？　オリジナルはどれだけのこっている？　もしその頭のなかにまだきみの脳があるとして、なぜこのようなまねを？」

「それが最良の策だったから」デイトンが曖昧（あいまい）に応じた。「完璧への道は茨の道。だれもが自分の役割を果たさなければなりません」

「完全な幻想だ。少なくともきみの場合は。きみは細胞活性装置を持っているはず、ガルブレイス？　保持しているだろう？　活性装置を見せてくれ！　それを見れば、まだきみがきみ自身であると信じられる……」

デイトンは突然、目を見ひらいた。口を開けたが、なにもいわずにふたたび閉じる。脚は震え、腕は硬直したままだ。

「見せてくれ！」

ローダンは、デイトンが突然苦しみだしたのを感じた。

苦しんでいる？

なぜだ？

かんたんな願いのはずなのに、デイトンは人工ボディを制御できなくなったようだ。

「それは……まったく不要です、ペリー。わたしを知っているはず。われわれは多くの思い出を共有しています……そこのホロ・キューブを見てください。あの日を覚えていますか？」

「覚えているとも、ガル」ローダンが無情にたたみかける。「細胞活性装置を見せてくれ。見なければならないのだ！　手にとって感じなければ！」

「不可能です……」

「ガル！　なぜだ？」

サイボーグはもう答えない。デイトンの口はあえぐ魚のように動き、顔がゆがんだが、金属は痛みを感じることはなかった。

ローダンは慎重に立ちあがった。

「触れなければならないのだ、ガル……」

「いや！　それは……決して……許しません！」言葉はとぎれとぎれだが、ローダンはその意味を理解した。

テラナーはデイトンに近づき、友の肩帯に触れた。楕円形のふくらみを慎重に探り、下へと手を伸ばしながらその縁をつかむ。

「もどりたいだけなのです！」デイトンがすすり泣いた。「すべて話します。わたしは〝システム〟を知っていて……」

「話してくれ！」

デイトンの左目が頭蓋からはずれ、床に音をたてながら落ちた。その奥にはカラフルなスイッチ板が見える。

「いや！」

突然、デイトンの動きがもどった。鉄のように力強く指が動き、ローダンの手首をつかむ。まるで万力のように感じられた。セランさえも役にたたない。

「やめてくれ！」ローダンが叫んだ。「腕を引きちぎる気か！」

デイトンの金属の顔は、狂気に満ちていた。

次の瞬間、圧力が消えた。

ローダンには、友の指が音もなく折れ、脇に落ちるのが見えた。

「ペリー！」

ネズミ＝ビーバーの声だ。ローダンはほっとした。まさに抜群のタイミングで助けがきたのだ。

「わかる、ペリー！　ガルはいま、とても遠くにいるみたい……」

「なにがあった？　話してくれ！」

「じゃましないで」ネズミ＝ビーバーは意識を集中させながら答えた。「ガルブレイスは夢を見てるみたいだよ」

14　魂の消失

　幽霊のごとく、目の前に影があらわれた。

　なぜ、このようなことが起きるのか？

《オーディン》は要塞だ。最新技術で改修されたばかりの船だ……自分は夢でも見ているのだろうか。

　いや、ちがう。人生全体が夢に変わってしまったのだ。現実の境界はもう動かせない。それに、そこには友がいる……あらたな四肢、器官、そしてボディを動かすエンジン。それらが自分を逃がしはしないだろう。

　夢のなかの夢ではない。それではあまりに容易すぎる。

　苦痛を感じた。

「わたしは、ここにいるぞ」影が告げた。「わたしがくるとは思わなかったのか？　ガルブレイス・デイトン、きみの運命がいま成就する……」

　影が手をさしのべた。

デイトンは動けない。いまになって考える。よりによっていま、このときに無力だとは。おそらく、影が神経伝達を遮断したのだ。

その手がこぶしを握る。

そしてこぶしのなかには、千年ものあいだ頼ってきた細胞活性装置がある。理解した。まもなく自分は死ぬにちがいない。

猶予は六十二時間。

それはＮＧＺ四九一年一月。自分が死んだ月に起きた。

六十時間の苦悶……そして、そのあとに訪れた希望。

「手を貸そう」カンタロがいう。「きみが死ぬ必要はない。われわれはきみの魂を買いたい。その対価はとるにたりないもの。きみには失うものなどなにもないはずだが」

デイトンは同意する。

そうだ。失うものなどなにもない。

そして数年後、ようやくなにが起きたのかを理解する。カンタロに支配されたのだ。かれらは自分のなかにいる。そして自分自身は……風に吹きけされる、はかない存在にすぎない。

＊

デイトンは、金属の体内深くでレセプタが反応するのを感じた。からだがアンテナのように震える。メッセージが自分から発信されるのを感じたが、それをとめる力はない。

数秒が経過。

アンテナがいま、受信している。

死のインパルスを感じた。内臓はエネルギーを蓄え、消費することなく保存する。なんという奇妙で痛ましい感覚だろう！　わかっているとも。自分は死ななければならない。だが、最後の一片の自己が最後の戦いに挑む。

わたしはただ、もどりたいだけだ……

嘘はついていない。友たちを自分とともに死なせてなるものか。

*

ローダンは肩帯をどけた。そこにはメタルプラスト製の鎖でしっかり固定された細胞活性装置がさがっていた。手で探るようにその卵形の物体を握りしめる。だが、なにも感じない。驚きながら理解する。これは、役にたたないただの偽物だ。

「意識がもどったみたいだよ、ペリー！」

ローダンは念のため、デイトンから二メートルはなれた。

「変だな！」ネズミ＝ビーバーが鋭い声で叫んだ。「ガルになにかあったみたい！」

「黙るのだ！　ガルブレイスが話そうとしている……」

サイボーグの唇が苦しそうに動いた。ローダンはデイトンの口もとに耳をよせた。

「どうした、ガル？　心配無用だ、われわれがそばにいる！」

「それだけはやめてください」旧友がささやいた。「死のインパルスを受けました。からだが熱い……わたしは爆発します！」

「なんだと？　ガルブレイス！」

継ぎはぎだらけの顔が、最後の力を振りしぼって動く。ガルブレイスは哀願するようにローダンを見つめた。

「本当のことをいっているのです。わたしは爆発する、ペリー！　ここから逃げて！」

のこっているほうの片目が閉じた。

プラスティックの口が最後に痙攣（けいれん）すると、静寂が訪れた。

「グッキー！　ガルがいったことは本当か？」

「そうみたい」ネズミ＝ビーバーが無力に答えた。「どうする？」

「ガルを助けるのだ！　テレキネシスで起爆装置を探りあてて無力化してくれ……」

イルトがからだを震わせるのが見えた。

「もう時間がないよ！」声が聞こえる。

ローダンは見えない手につかまれ、激しくグッキーに引きよせられた。イルトに両腕で抱きしめられる。

突然、閃光が周囲のすべてを照らし……ローダンは船の外に立っていた。周囲をディトンのハイグフォトが囲む。

「なにが起きた？」声にならない声で訊いた。

グッキーが声を震わせた。

「ガルのいったことは本当だったよ。爆発して死んだみたい。もう思考を探知できないんだ」

「たしかなのか？」

「残念ながら。でも、ガルの思考を、最後の夢をとらえたよ」

「すべて話してくれ」

ふたりはほとんど動かず、半時間ほど立ちつくした。

ローダンの頬を涙がつたう。それを恥じることはない。強引にエルトルス人のクローンの列をつきすすんだ。

《シマロン》にたどりついたとき、ローダンはふたたび自制をとりもどしていた。エアロックでは、レジナルド・ブルとエイレーネとともに、先に到着したグッキーが友を待ちうける。

「ハロー、ペリー」ブルが声をかけた。「グッキーから聞きました」赤毛は《オーディン》を見つめながらつづけた。その船は、いまや主を失ったのだ。「悲劇です。ガルにはもっとちがった最期を迎えてほしかった。このような、爆発して壊れたマシンのようにではなく」

ブルがやるせない声をあげた。

ローダンは友の怒りに共感できない。心のなかはむしろ悲しみで満たされ、絶望がひろがっていく。またもや仲間を失ったのだ。ジェフリー・アベル・ワリンジャー、ラトバー・トスタン、バス＝テトのイルナ、そして、こんどはガルブレイス・デイトンを。「いま起きたことではない」ローダンはいった。「あれは、われわれのガルではなかった。ガルはすでに六百年前に死んだのだ」

＊

《オーディン》は可能なかぎり慎重に調査された。多くの装置がカンタロのすぐれた技術によって機能している。

月末には、船に危険がないことが判明した。ローダンはこれまで紫色の伴星の軌道に待機させておいた搭載艇を呼びもどし、乗員に数日の休暇をとらせた。

最後に《シマロン》の乗員のなかから七百名がローダンのあらたな旗艦に移った。これでどちらの宇宙船も、どうにか必要最低限の人員がそろう。

両船はスタートし、星系をはなれた。島には、デイトンの船の乗員だったクローンがのこった。そこで、害をなさずに自給自足するだろう。トプシドの件はこれで完結だ。

次の目標はすでに決まっていた。ペルセウス・ブラックホールでなにが待ちうけていようとも。

15　トプシドの希望

　シュルクメスは、ちいさな毛むくじゃら生物の出現に驚かなかった。この二日間というもの、ガルクマルン＝ピットと親交を深める機会はあったものの、見事に失敗に終わる。あの内務副大臣にはどうも好感が持てない。好意を抱くような理由もほとんどなかった。両者は一時間にわたり殴りあい、とうとう力つきたところだ。

　それゆえ、この毛むくじゃら生物は、まさにグッド・タイミングで到着したわけだ。

「やっときたか！」ガルクマルン＝ピットがどなった。「いますぐ、ここから出してくれ！　秘書や部下が待っている！」

　シュルクメスは、グッキーと名乗る異生物と意味ありげに視線を交わした。もし、ガルクマルン＝ピットに罰がくだるのを望んでいたなら、期待はずれだったわけだ。

「そう慌てなさんな、友よ！」グッキーが叫び、相手を見つめた。「内務副大臣にニュースがあるよ」

「ニュースだと？　いってみろ！」

だ。

シュルクメスは、ガルクマルン＝ピットのようすをちらりと見た。葛藤しているようだ。

「もちろんさ。ただし、もう少しここにいてくれるならね……」

結局、好奇心が勝った。

「ニュースとやらを聞きたい。教えてくれ！　そのあとで、ケイシャやほかの者たちのところにもどるとしよう。かれらは少なくとも、わたしの地位を尊重してくれる！」

グッキーはきんきら声で笑った。

「いますぐに秘書のところにもどったら、大変なことになるよ。ケイシャはあんたが思っているほどまぬけじゃない。本当は、皇帝トルクレク＝アヌルのスパイなんだ。伝えたかったのはそのことさ。あんたがもどったら、きっと殺そうとするよ。どうする、内務副大臣？」

ガルクマルン＝ピットは、雷に打たれたように立ちつくしていた。シュルクメスは思った。このような内務副大臣を見るのははじめてだ。

「グッキー、力を貸してもらえないか？」

「もちろんさ。じゃ、よく聞いて。考えがあるんだ」

＊

異人たちは姿を消した。グッキーの助けを借りて、シュルクメスは皇帝トルクレク＝アヌルと独裁者クムルコ＝キムに戦争は無意味だと納得させた。異生物が双方を怯えさせたのだ。

突然、トプシドのいたるところで噂が広まった。守護星がその保持者に無限の力を与えたというものだ。

いま、シュルクメスは種族の最高権力者として、アークの塔の前にすわっていた。だれもがかれを神として崇める。なんといっても、守護星から語りかけられた者なのだから……青いトリンクマンクが、その名誉の象徴だ。

シュルクメスは、裏から国の運命をつかさどった。いつの日か、民が平和裡に統一されることを願って。もちろん、あまり多くを求めてはならない。架空の力を使うことはリスクが高かったから。

トルクレク＝アヌルもクムルコ＝キムもその力を恐れ、静かにしている。そして、ガルクマルン＝ピットはなにもいわない。すべてをぶじに乗りこえられ、満足しているようだ。

シュルクメスはゆっくりと立ちあがり、グッキーがのこしていったベルトを身につけた。

「これは反重力ベルトだよ」異生物はそういっていた。「これをみんなの前で使えば、だれもあんたの力を疑わないはず」

グッキーはとうに姿を消していた。

シュルクメスは、塔の奥に集まった群衆に向かって、親しげに手を振った。住民は敬意をはらい、遠巻きにしている。

すると、シュルクメスは見えない翼を使い、空に舞いあがった。トリンクマンクのかたわらで、雲層の下の冷ややかな高みに昇っていく。

「どうだ、気に入ったか?」風に向かって叫んだ。

トリンクマンクは、迷惑そうに羽ばたいた。まるで追跡者を振りはらおうとするかのように。だが、シュルクメスは気にしない。

この鳥が大好きだから。

ハルト人の消息

H・G・フランシス

登場人物

イホ・トロト……………………ハルト人。《ハルタ》指揮官
ドモ・ソクラト…………………ハルト人。アトランのもとオービター
タマル・カルタク………………テルツロック人
乳母
世話好き　　　}……………………ポスビ
パンタロン
クラナル…………………………グラド。最高指導者のひとり
アシュラ…………………………グラド。クラナルの信奉者

1

「あれを見てください、トロトス」船載コンピュータのタラヴァトスが叫んだ。ハルト人の声を完璧にまねている。本物と区別がつかないほどだ。「ビッグ・プラネットがスクラップに囲まれています」

イホ・トロトは、自船《ハルタ》の中央司令室の開いたハッチで立ちどまり、おさえた笑い声をあげた。その声はまるで、喉の奥から響く鈍い雷鳴のようだ。

モニターには、巨大惑星テルツロックの軌道を周回する物体の探知リフレックスがうつしだされていた。映像はたちまち切りかわり、細部まではっきりと見えるようになる。

イホ・トロトは自席にもどり、クッションに身を沈ませた。

タラヴァトスが〝スクラップ〟と呼んだものは、ポスビのフラグメント船だった。数百もの船が同じ軌道上をめぐり、環を形成している。

ハルト人は驚いた。予想外の展開だ。自分は、謎の失踪を遂げた同胞種族を探している。テルツ＝トス星系の惑星テルツロックで、なにか手がかりが見つかるのではないかと期待していたが、まさかポスビがハルト人の運命に関与しているとは思ってもみなかった。もっともポスビもまた、目的地は不明だが銀河系から姿を消していた。これで、ペリー・ローダンを探すために二百の太陽の星を出発した巡礼船団の少なくとも一部が、どこに向かったか判明したわけだ。

「ポスビは〝四本腕の預言者〟を歓迎するでしょうね」タラヴァトスが予言した。「楽しみですね！」

イホ・トロトはなにも答えなかった。〝四本腕の預言者〟として崇められてはたまらない。自由に動きまわれなくなるから。なんとしても回避しなくては。

一一四四年九月三十日、イホ・トロトは惑星ヘレイオスをはなれ、銀河系を飛びだした。可及的すみやかに大マゼラン星雲の惑星テルツロックに到達するつもりだったが、その前に報告のために惑星フェニックスに立ちよった。それがアトランとの約束だったから。もっとも、フェニックスではたいした収穫はなかった。

ロナルド・テケナーも、すでに銀河系に向かっていた。銀河系解放戦線にみずからくわわるためだ。〝スマイラー〟は《ハルタ》のパルス・コンヴァーターを自船に譲るよう迫ったが、イホ・トロトは断固としてこれを拒否した。

スクリーンのひとつに星系のシンボルが出現。テルツ＝トス星系だとすぐにわかった。ちいさな黄色恒星を惑星ふたつが周回する。内側の惑星は冥王星くらいの大きさ。もうひとつの惑星がテルツロックだ。驚くべきことに、このビッグ・プラネットは衛星を持たない。宇宙広しとはいえ、これは非常に珍しいことだった。

タラヴァトスはポスビとの通信を確立させ、《ハルタ》のビッグ・プラネットへの着陸許可を求めた。イホ・トロトは一連の交渉を船載コンピュータに任せ、自分は〝四本腕の預言者〟と悟られないよう、背後にかくれていた。ポスビには、極力じゃまされたくない。とはいえ、ポスビに拒否されればテルツロックに着陸するのは不可能だ。フラグメント船数百隻を目の前にしているいま、ポスビとどうにか折りあいをつけるほか選択肢はない。

まもなく、予想どおりの質問があった。

「あなたはだれですか？」

「イチャトだ」イホ・トロトが答えた。

「それだけですか？」

「ただのイチャトだ」ハルト人は強調した。

「どこからきたのです？」ポスビが訊いた。

「友が待つテルツロックにもどるところだ」ハルト人は、はぐらかすように答えた。

「では、あなたはテルツロック人の仲間なのですか？」

〝仲間〟という表現にいささか驚いたものの、あえて掘りさげて訊こうとはしない。テルツロック人がほかのハルト人とちがうのは、わかっている。なんといっても、何万年ものあいだ、〝異端〟とされたハルト人すべてがテルツロックに送りこまれてきたのだから。

その異端児たちがどこに行ったのかは、長いあいだハルト人の秘密だった。ハルト人はウレブの子孫であり、かつてレムール人と壮絶な闘いをくりひろげたことがある。とはいえ、いまやハルト人は正常化され、かつての狂暴だった時代を思いださせるのは、せいぜい〝衝動洗濯〟のときだけだ。

ときおり、単性生物のハルト人が子供を産むことがあり、その子供があらたな規範に合わないこともある。そうした子供たちは体格もよく、ふるまいも野蛮だった。ときには露骨に悪意をしめすこともあり、ウレブの遺伝子が表面化しているのは明らかだ。ハルト人はそうした子供たちを殺すかわりに、大マゼラン星雲の惑星テルツロックに追放したのだ。

イホ・トロトも知るとおり、ビッグ・プラネットの追放者たちはハルト人の行動パターンすべてを維持してきたわけではなく、驚くべき進化がいくつか生じていた。異常に大きな子供たちが生まれ、成人すれば身長四メートルを超えることもある。多くのテルツロック人は衝動洗濯に通常よりも頻繁におちいり、より激しくその影響を受けるという。また、多くは他人とまったく関わらず、孤独な隠者として生きていた。

「あなたはテルツロック人の仲間なのですか？」ポスビがくりかえした。

「そうともいえる」ハルト人が同意した。「これで満足か？」

「充分です」

「それはよかった。では質問させてもらおう。フラグメント船の数からすると、ここにはおよそ十五万体のポスビがいると推測するが」

「ほぼ正しい数です」

「なぜ、きみたちがここにいるのか教えてくれ。記憶が正しければ、きみたちはペリー・ローダンを探すために銀河系をはなれたはずだが」

「そのとおりです」

「もう少し詳しく教えてくれ。ここで、なにをしている？」

「われわれは、テルツロック人の世話をすることに全身全霊を捧げています」ポスビが少しの間を置いて説明した。「それは偉大で、重要な使命です」

「まったくそのとおりだ」

《ハルタ》は、徐々に速度を落としながらビッグ・プラネットに接近していく。

「きみの名は？」

「〝乳母（うば）〟です」ポスビが答えた。

イホ・トロトは驚いた。

「〝乳母〟だと？」

ポスビはうなずき、ハルト人は考えた。この名前は偶然の産物なのか。それとも特別な意味があるのか。このポスビは仲間とともにテルツロック人を世話しているといった。それゆえ〝乳母〟と名乗ったのだろうか？　まるで、追放された異端のハルト人子孫を育てる乳母のように。

イホ・トロトは笑った。

まさにばかげた考えだ！

テルツロック人は強大な生物だ。その祖先は狂暴なあまり、ハルト人社会から追放された。その子孫も同じように狂暴にちがいない。テルツロック人が恩赦を受け、惑星ハルトにもどったという話も聞いたことがない。

そして、このポスビがその狂暴な生物の〝乳母〟だというのか？　それはありえない。この名前に深い意味があるわけがない。ただの偶然にすぎないだろう。

「で、ペリー・ローダンはどうなった？　捜索は諦めたのか？」

「捜索を中断しているだけです」〝乳母〟が説明した。「手がかりがあれば、すぐにでも再開します。ですが、やみくもに捜すには宇宙は広すぎる。数千年かかっても銀河系の全惑星を捜索することすらできません。ましてや全銀河の惑星となればとうてい不可能というもの。成功の見こみはありません。われわれに必要なのは手がかりです」

ポスビはいつか役にたつかもしれない。イホ・トロトは思った。それは、おそらく最後の切り札だ。だが、この瞬間、ポスビの大群はペリー・ローダンのじゃまにしかならないだろう。

ローダンに関する手がかりをポスビに与えてもむだだ。いまのところ、その情報はなんの役にもたたないから。全船団を銀河系に送りこむには、パルス・コンヴァーターが不足していた。

さらに、いまビッグ・プラネットに変化をもたらすのも過ちだ。テルツロックの状況を把握するまではなにもすべきではない。必要ならば、あとでポスビを操作する時間はいくらでもある。

「テルツロックに着陸する」ハルト人は宣言した。

「心配無用です、イチャト」〝乳母〟がただちに応じた。「あなたの宇宙船を第二大陸の赤道近くの着陸床に誘導しましょう。われわれがそこに設置したビーコンが案内します」

「助けは不要だ」思いのほか、きつい口調になってしまった。

「もちろん、助けが必要です」〝乳母〟は譲らない。「われわれのほうがよくわかっていますから！」

ポスビはそう告げると、通信を切った。

「困ったことになりましたね」タラヴァトスがいった。「ポスビがテルツロック人全員を世話しているなら、あなただけをほうっておくとは思えません。かれらの生きがいが社会貢献であるならば、あなたも例外ではないでしょう！」

＊

〝乳母〟は予想どおり、約束を守った。《ハルタ》を赤道近くの岩だらけの高原に誘導したのだ。そこは無数の技術装置に囲まれた円形広場で、ほかにはなにも宇宙港を思わせるものはない。着陸のさい、イホ・トロトは第三大陸にあるホスモルト宇宙港に注目した。かつてそこに存在したはずの、技術設備がおさめられた建物の多くがもうない。あらたな建物に置きかえられてもいない。広大な宇宙港は荒廃し、長いこと使われていないように見えた。周辺からも、テルツロック人が暮らしていた住居の多くが消えていた。ホスモルトの調査にもっと時間をかけたいところだが、いまは着陸に集中しなければ。

どこからともなく、異様な姿をしたポスビ九体があらわれ、宇宙船に近づいてきた。

「あなたが〝四本腕の預言者〟ですね」イホ・トロトが降りたつと、ポスビの一体が告げた。

ハルト人は驚いた。タラヴァトスが〝大騒ぎ〟と呼んだものがはじまるのではないかと恐れたが、その懸念は杞憂に終わった。ポスビたちはいたって冷静で、行儀よくふるまったから。

ポスビ一体が反重力クッションで浮遊しながら近づき、「わたしが〝乳母〟です」と名乗った。

「きみがか？」イホ・トロトは驚いていった。「きみは軌道上のフラグメント船にいるとばかり思っていた」

「先ほどは、中継ステーションを通じて話していました」〝乳母〟が丁重に説明した。

「なにかご希望はありませんか？」

「きみたちの助けは必要ない」申し出を辞退した。「自分の面倒は自分でみる。きみたちの助けはいらない」

「それは思いちがいというものです、イチャト」〝乳母〟が応じた。まるで古いラジオの内部構造のようだ。絡みあったワイヤーやコイルから、ちいさな塔がいくつもつきでている。ハルト人は、いつだったかテラの博物館で見たことのある電子管を思いだした。垂直に立つ金属アームにとりつけられた鋸刃が回転しているが、攻撃的な印象はない。ほかのポスビは、車輪や不格好な脚で移動している。ビッグ・プラネットの特殊環境に適応しているようだ。テルツロックの赤道は、直径三万二千七百八十一キロメートル。重力二・三六G。イホ・トロトにはすこぶる快適だが、それでも惑星ハルトの三・六Gにはとうていおよばない。

「ようすを見るとしよう」

「正解です」〝乳母〟が寛大に同意した。「われわれは、なにも強要しません。援助も押しつけない。いつか、われわれの援助を歓迎するときがくるでしょう。ですが、あなたはなにも告げる必要はありません。われわれがそれを見逃しませんから」

「感激だ」トロトが低くうなるような声で応じた。「そのときがきたら、きみたちの援助に感謝するだろうよ」

いまや〝乳母〟という名前も納得がいく。イホ・トロトにはわかった。どうやら、ポスビは本気で世話をしているようだ。とはいえ、ポスビにつねにつきまとわれてじゃまされるのはまっぴらだった。

自分には明確な目的がある。テルツロック人の力を借り、宇宙のどこかにハルト人がまだ存在するのかどうかをたしかめたい。どこかにかくれているなら、かならず見つけだす。可及的すみやかに、同胞のもとに駆けつけたいのだ。

「それでも」イホ・トロトは大声で応じた。「こちらから連絡しよう」

そして踵（きびす）を返そうとしたが、〝乳母〟が目の前に立ちはだかった。

「どこへ行くつもりです?」

「この大陸には多くのテルッロック人が住むようだ。そのひとりに会って、話をしたい」

「だれに会うつもりです?」

イホ・トロトは、轟(とどろ)くような声で笑った。

「それは、わたしの問題だ。きみにもそのうちわかるだろう」

イホ・トロトはそう告げると、走行アームをおろし、急発進した。〝乳母〟は反重力クッションで数メートルほど並走したが、やがて追うのを諦めた。正解だ。ハルト人は、これ以上つきまとわれたなら、一撃でポスビを破壊しようと考えていたから。

＊

高原のはずれでは地面がほぼ垂直に切りたち、二千メートル以上の高低差があった。イホ・トロトはその断崖の縁に立ち、広大な湿地帯を見おろした。トクサの森が地平線まで広がり、ところどころ、岩の塔が緑のなかから顔をのぞかせる。

ハルト人はグラヴォ・パックを作動させると、崖の縁を越えて木々の梢までおりていった。その後、北に向かってゆるやかな速度で飛びつづける。安全な高さから、眼下に広がる湿地帯にうごめく無数の動物たちが見えた。おもにちいさな両生類のような生物で、ときおり巨大な蛇や爬虫類もいた。かれらは腐った木の幹のごとく湿地に横たわり、獲物を待ちぶせる。

湖に到達すると、水面が突然爆発したように泡立ち、鮮やかなオレンジ色の雲がその上に広がった。ハルト人は、すかさず防護ヘルメットを閉じる。数秒後、無数の花に包まれていた。それらはいっせいに咲き、母体となる植物から放出されたもの。イホ・トロトは平然と飛びつづけた。花びらがまとわりついても気にしない。風で飛ばされた花々が湿地帯に散らばった。黒白の縞模様の鳥たちがハルト人に飛びつき、戦闘服についた花びらをついばみはじめる。鳥たちは数分で花びらをすべてとりさると、しばらく周囲を飛びまわった。やがて、さえずりながら飛びさっていく。イホ・トロトはヘルメットを開け、トクサの森の香りを楽しんだ。

まもなく、高さ二百メートルほどの岩塔に近づいた。塔の基部は、およそ直径五十メートル。上にいくにつれて広がっていた。頂上のプラットフォームは直径百メートルほど。そこには八角形の真っ白な建物が鎮座し、手入れの行きとどいた庭園に囲まれていた。

ハルト人は花咲く木々と藪のあいだにおりたち、砂利道を歩きながら建物に向かった。壁一面の窓から、科学装置がならぶ居間や作業室が見える。

ドアが横にすべるように開き、イホ・トロトは足を踏みいれた。

視線が、倒れたテーブルにとまった。床にはグラスがいくつか転がり、そこから液体がこぼれたようだが、すでに時間がたっているにちがいない。カーペットに染みができていた。

「だれも歓迎してくれないのか？」イホ・トロトは大声で呼びかけた。

返事はない。

ほかの部屋も調べてまわった。そこにも慌ただしく出発したあとや、争った形跡が見られた。クローゼットには焼けこげがある。サーモインパルス・ニードル銃の痕かもしれない。

開いたドアの前に立ち、室内を見まわした。綿密な観察の結果、さらなるシュプールを発見し、ここでなにが起きたかを推測する。ここに住んでいたテルツロック人は争ったすえに征圧され、連れさられたのだ。

イホ・トロトは、事件の詳細を可能なかぎり把握するため、屋敷全体を徹底的に調査しはじめた。それでも、ここで起きた出来ごとについて明確なイメージをつかむことができない。戦いは非常に短時間で終わったにちがいない。テルツロック人はあまり抵抗しなかったのだろう。もし激しい戦いがくりひろげられたなら、屋敷は瓦礫（がれき）と化していたはずだ。

いったい、なにがあったのか？　住人は抵抗できないほど瀕死だったのか？　それともなんらかの方法で気絶させられたのか？

イホ・トロトは、だれかが自分を同じように家から連れさろうとした場合を想像し、低く笑った。そのような計画が成功するとは、とうてい考えられない。

情報システムにアクセスすれば、この惑星の状況についてなにかわかるかと期待したが、あてがはずれた。ここに住んでいたテルツロック人、カソ・トゥロートは宇宙論理専門の哲学者で、テルツロックで起きていることにはまるで無関心だったようだ。

ここではなにも得られそうにない。イホ・トロトはそう悟ると、敷地をはなれ、ふたたび飛びたった。二十キロメートルほどはなれた場所に、同じような岩塔を見つける。興味をひかれた。どうやら、この塔には人が住んでいるようだ。

通信装置で連絡を試み、塔に近づく許可を求めた。礼儀正しくふるまおう。歓迎されないようなら、決して敷地に足を踏みいれてはならない。

応答はなかった。

塔に二百メートルまで近づくと、減速した。塔の側面は地衣類におおわれていたが、ところどころ、原始植物が根づけない場所がある。そこには、岩から突きでた暴力クリスタルが輝く。恒星光を反射し、きらめいていた。

イホ・トロトはそれらを気にとめなかった。暴力クリスタルが問題を引きおこしていた時代は、とうに過ぎさったのだ。いまでは、鎮静化されている。数千年前、最初の

〝異端〟なハルト人がテルツロックに追放されたとき、クリスタルはその野蛮な生物のメンタル・エネルギーを吸収し、増幅して返すことで、かれらをますます凶暴で邪悪な存在にした。こうしてテルツロック人は、抜けだすことができない悪循環におちいってしまったのである。やがて暴力クリスタルは鎮静化され、中和されたため、もはやハルト人に影響をおよぼすことはない。それにくわえ、クリスタルはハルト人の特異なメタボリズムゆえにかれらにのみ影響をおよぼし、ビッグ・プラネットを訪れるグラドやほかの知性体を害することはない。イホ・トロトはクリスタルを見つめながら、それを思いださずにはいられなかった。

塔の上にはガラスのような物質でできたフィリグリー細工の構造物が立っていた。テルツロック人三名がそこで作業にあたっている。

イホ・トロトは自分の目を疑った。さらにゆっくりと飛びつづける。目の前の光景が理解できなかった。

テルツロック人三名は談笑していた。声は聞こえるものの、内容までは理解できない。三名は親しげなようすで笑いあいながら、きわめて慎重にガラスの構造物を完成させようとしていた。こちらに気づいたようすはなく、イホ・トロトが庭のはずれにおりたっても反応を見せない。

フィリグリー細工の構造物は、湧きでる泉を囲む水盆の上に立っていた。緑と赤の葉が茂る背の高い木々が、大きな窓のある赤い平屋をとりかこむ。家のなかは広そうだ。テルツロック人三名が住むには充分だろう。

イホ・トロトはショックを受けた。

ハルト人は個人主義者であり、それはテルツロックに追放された者たちにとっても変わらない。つねに孤独に生き、家族や共同体を形成することを拒んできた。隠者のように暮らし、決してだれにもじゃまされたくないはず。それなのに、テルツロック人三名が同じ家で共同生活をしているとは！　まるでモラルに反することのように思えた。

ハルト人は驚き、頭を抱えた。この光景が理解できない。

まるで、ちいさな子供のようなふるまいだ。あるいは、知能が低いのか！

家からポスビ四体が出てきた。いずれも、太く不格好な脚で移動し、触手のような腕でガラス部品を運んでいる。テルツロック人の遊び道具となるフィリグリー細工の部品だ。突然、ポスビは立ちどまり、上部からレンズのついた腕を伸ばした。イホ・トロトに気づいたようだ。こちらを観察している。

「だれも、わたしがここに立ちいることに異議がないといいのだが」ハルト人はテルツロック人に近づきながらいった。「きみたちと話がしたい」

巨人三名は向きなおったが、こちらを見ているようには見えない。笑みを浮かべているが、その目はうつろで心ここにあらずのようだ。

「ハロー」ひとりがそういったが、ふたたびガラスの塔に向きなおった。イホ・トロトをしばしば訪ねてくる昔からの知りあいのように扱い、特に関心を向けるようすもない。

ポスビの一体がガラス部品を下に置くと、駆けよってくる。

「どうぞこちらへ。家のなかに案内します。お望みなら、休憩も食事も可能です。なんなりとご用をいいつけてください。心配無用です。快適に過ごしていただくことが最優先ですから。きっと満足なさるでしょう。お手をこちらに。ご案内します」

「きみの名は？」ポスビに訊いた。

「〝誠実〟です。名は体をあらわすといいまして」

イホ・トロトはポスビが伸ばした触手を無視し、二歩前に進んだ。子供のように手を引かれるつもりはない。片手をひと振りし、フィリグリー細工の造物を崩壊させる。ガラスの破片が音をたてながら地面に散らばり、一部は水盆に沈んだ。

テルツロック人三名は茫然と地面にへたりこみ、破片を見つめた。ハルト人を非難するようすもない。ほとんど事態に気づいていないようにも見える。ポスビ三体が無言で破片を掃きあつめると、運びさった。

「ドモ・ソクラトを探している」ハルト人は告げた。「だれか、友の居場所を教えてくれないか？」

テルツロック人三名は答えない。言葉が耳に入らないようだ。

「ならば、そこのポスビたち。ドモ・ソクラトがどこにいるのか教えてくれ。きみたちなら、居場所がわかるはず」

「大変申しわけないことに」〝誠実〟が丁重に応じた。「ドモ・ソクラトという名前は聞いたことがありません。ですが、調べてみましょう。どうぞ家のなかに入り、くつろいでください。われわれ、あなたが身体的にも精神的にも息災に過ごせるよう、お世話をします。〝親切〟がご案内しますね。お手をこちらに」

イホ・トロトは背を向け、飛びさった。

さながら、精神科の病院に迷いこんだような気分だ。

2

その家はツバメの巣のごとく、ほぼ垂直にそそりたつ岩壁に張りついていた。イホ・トロトは丘の木陰に立ち、それを見あげた。数メートルはなれた場所では、大きな鳥の群れが下草を掘りかえしている。鋭い爪で地面を引きさき、餌を探してはついばむが、ハルト人にはまるで注意をはらわない。鳥にとって、脅威にならないからだろう。木をつたい、体長数メートルの蛇がゆっくりとおりてきたが、それでも鳥たちは驚かない。

ハルト人はこの数時間というもの、北に向かって飛びつづけ、テルツロック人の家をいくつか発見した。すべての家に近づき、そのうちのいくつかはなかを見てまわったが、住人に遭遇することはない。なんの異状も見つからず、どの家にも長居することなく、綿密な調査は控えた。礼儀正しい性格がそれを許さなかったから。

はるか頭上の岩壁の家に興味を引かれた。次の居住地までは百キロメートル以上はなれている。家は、なにかしら人を寄せつけない雰囲気を醸しだしていた。高さは八千メートルほどか。岩壁に張りつくように建ち、飛翔装置を使わなければ、そこまでたどりつけそうもない。

通信装置で連絡を試みたが、応答はなかった。イホ・トロトはためらった。ひとりでいたいという住人の意志は尊重したい。それでも、ドモ・ソクラトを見つけるには、情報収集をしなければ。助けが必要だ。ドモ・ソクラトについてなにか知っている者がいるはず。テルツロック人に接触し、そのプライバシーを侵害するしかなさそうだ。

半時間ほど、なんらかの反応を待ったあと、グラヴォ・パックを作動させた。木々の葉の間をすり抜け、なめらかな崖に沿って上昇していく。

この数時間で飛びこえてきた広大な湿地帯を見おろしながら、考えた。この惑星を最後に訪問して以来、なにかが大きく変わってしまったようだ。なぜ、テルツロック人はあのような奇妙な行動をとるのか？　なぜ、ポスビは保護者のようにふるまうのか？そしてなぜ、テルツロック人はそのポスビの役割を受けいれているのか？

わかっている。その答えを見つけるのはむずかしいだろう。ビッグ・プラネットは実際、非常に大きな惑星で、少数のテルツロック人がその広大な大地に散らばる。ここ数時間で、これほど多くの家が見つかったこと自体が、ほとんど奇跡に思えた。

岩壁に張りつくように建つ家を見あげた。岩壁の高さは、一万二千メートルほどか。その家は実際、鳥の巣のように見えた。半円形状に岩壁からつきだし、ほとんどが岩からなるようだ。家は周囲に溶けこみ、目だたない。恒星光が窓に反射し、岩壁のはるか上方で明るく輝いたからこそ、見つけることができたのだ。

家に百メートルまで近づいたとき、隣りの岩壁の隙間に気づいた。そこには、グライダー一機とさまざまな技術装置が見える。

ふたたび、通信装置で住人と接触を試みたが、やはり応答はなかった。

家のなかに入ろう。そう決心した。だれもいなければ、そのままそこにとどまればいい……少なくともあすまでは。あるいは、だれかがもどってくるまでは。

わかっているとも。これはハルト人の基本的な礼儀に反するが、ほかに選択肢はない。ドモ・ソクラトに関する情報を得るためには、沈黙の壁を破るしかなかった。

家と同じ高さに達し、近づこうとした瞬間、突然ドアが開いた。巨大なシルエットが跳びだしてくる。イホ・トロトはブラスターに気づき、ただちに反応した。戦闘服の防御バリアが展開されると同時に、まばゆいエネルギー放射がこちらに向かってくる。迅速に反応していなければ、致命傷を負っていただろう。

ハルト人は反撃することなく、ただグラヴォ・パックのスイッチを切り、垂直に落下した。二発めが、はるか頭上を通りすぎる。

イホ・トロトは笑い、

「きみのやりかたが気に入ったとはいえないが」と、通信装置で相手に伝えた。「思ったとおりの反応だ。この惑星にはまだ、ふつうのテルツロック人がいるようだな」

「もう一度、こちらにきてもらえないか」相手は告げた。「人ちがいだったようだ。遠慮は無用だ。歓迎する」

イホ・トロトは耳を疑った。その反応は、想像していたテルツロック人像とはちがう。ひたすら孤独を望む隠者が、このように応じるはずがない。

ふたつの可能性が考えられた。

イホ・トロトをブラスターの前まで引きつけて殺すつもりか。あるいは、ふつうのテルツロック人ではないのか。

「ドモ・ソクラトを探している。友の居場所を知っているなら、どこにいるのか教えてもらえないか」

「わたしたちをそっとしておいてください」別の声がいった。テルツロック人とは思えない、高い声だ。

イホ・トロトは驚き、

「きみはだれだ？」と訊いた。

「〝世話好き〟といいます」声が答えた。「これ以上、じゃましないでください」

「ドモ・ソクラトはどこだ？」ハルト人がつづけた。

「その名前は聞いたことがありません。申しわけありませんが」

スピーカーがノイズをたて、通信がとぎれた。

地面が近づいてくる。イホ・トロトはグラヴィ・パックを操作し、木々の葉の間をすり抜けるように降下した。

確信していた。あの第二の声は、ポスビのものにちがいない。

「〝世話好き〟か！」声に出していってみる。「ふさわしい名前だな」

数分後、通信インパルスを受信したことをシグナルが知らせた。通信装置のスイッチを入れる。

「あなたはだれだ？」低く力強い声がたずねた。

イホ・トロトは自分の名を告げた。

「あなたの話は聞いた」相手がいった。「力になれるかもしれない」

「きみはだれだ？」ハルト人は訊いた。

「タマル・カルタクだ」その声が答えた。「必要以上に踏みこまれるのはまったくごめんだが、最近あまりに多くのことが起こりすぎた。だれかと話さなくては。プライバシーを尊重してくれるなら、あなたと会ってもかまわない」

「もちろんだ」イホ・トロトは答えた。「どこに行けばいい？」

「つねに山脈の南端に沿って、西に二千キロメートルほど飛ぶと海にでる。その沖に島が見えるだろう。わたしはそこにいる」

「すぐに行くとも。感謝する」

タマル・カルタクは、すでに通信を切っていた。

イホ・トロトは一瞬のためらいもなく、告げられたとおり島に向かった。相手の言葉が本心だと信じたい。

＊

イホ・トロトが南に大きく突きでた岩壁周辺を飛んでいると、突然、〝乳母〟が目の前にあらわれた。「話があります」ポスビが叫ぶ。

ポスビは地面の割れ目から上昇し、ハルト人の針路に滑りこんできた。イホ・トロトはぶつからないよう、迂回せざるをえない。

ポスビと話すことにし、岩の上におりたった。

「あなたの名はイチャトではなく、イホ・トロトですね」〝乳母〟がやや揺らいだ声で告げた。まるで、ハルト人の嘘に心底動揺しているようだ。

「名前とはむなしきもの。ただの識別にすぎない。どんな名前で呼ばれようと、なんのちがいがあるというのだ？」

「本当のことをいうこともできたはずです！」

イホ・トロトはその言葉を受けながし、

「なにが望みだ？」と訊いた。「さっさと話せ。さもなければ、もう行くぞ」

「あなたはテルツロック人の住居に侵入し、プライバシーを侵害しました」〝乳母〟が非難した。

「で？」ハルト人は先をうながしたが、非難には応じない。

「ドモ・ソクラトを探しているのですね」

「それが禁じられているのか？」

「もちろん、そうではありません」

イホ・トロトは口を開け、低く唸った。徐々にいらだちがつのる。これ以上、ポスビにじゃまされるいわれはない。

「で、なにが望みだ？」ハルト人が訊いた。「それとも、ドモ・ソクラトの居場所を教えてくれるのか？」

「ドモ・ソクラトが何者なのか、わたしは知らない」〝乳母〟がいいはる。「だから、手を貸すことはできません。ただ、あなたにもこの惑星の不文律や暗黙のルールを守ってもらいたいのです」

イホ・トロトは轟くような声で笑い、

「保安官にでもなったつもりか？」と、いった。「きみごときに指図されるとはな」

ハルト人は前方に跳びだすと同時に、グラヴォ・パックを作動させた。片手でポスビをつかみ、振りまわす。指が〝乳母〟の反重力装置に突きささり、これを破壊した。

「なにをするのです?」ポスビが叫んだ。「わたしが助けを呼ぶのはおわかりのはず。後悔しますよ」

「おそらく、きみを粉々にしなかったことを後悔するかもな」ハルト人が応じ、〝乳母〟をそっと地面にもどした。「壊すのは、反重力装置だけだ。助けを呼んで、迎えがくるまでそこで待つがいい」

ポスビの側面にちいさなブラスターを見つけた。念のため、それを引きちぎる。

「すぐに迎えがくるさ。それまで、ドモ・ソクラトの居場所をわたしに教えるかどうか、考えるがいい」

グラヴォ・パックを作動させ、飛びさった。たちまち〝乳母〟から遠ざかる。ポスビは大声で叫び、激しく抗議した。

通信装置でテルツロック人に接触したのは、まちがいだった。ポスビはそれを傍受し、しかるべき反応を見せたにちがいない。

だが、ポスビの目的はなにか? 実際、世話係のつもりなのか?

これまでよりもさらに注意深く、周囲を見まわす。ふたたび不意を突かれないようにしなくては。すでに目の前には、島が見えていた。通信装置で呼びかけようとしたが、思いとどまる。ポスビたちに気づかれてはならない。海を飛びこえ、島のはずれに着陸した。そこからは歩いて進む。

ところが、数歩で立ちどまった。

タマル・カルタクの家が見えたのだ……いや、正確にはその残骸だ。ほとんど廃墟同然だった。

壁ふたつが倒壊。あるいは吹きとばされたのか。屋根は片側に傾き、なかば崩れおちている。家具も技術装置も建物のまわりに散乱していた。まるで、だれかが遊びちらかしたかのようだ。

イホ・トロトは慎重に近づいた。ここでなにがあったのか。理解できない。タマル・カルタクの家に招かれたのは、五時間ほど前のこと。その後、事件が起きたにちがいない。

だれが、タマル・カルタクを襲ったのか？　その襲撃はすでに以前から計画されていたものなのか？　それともドモ・ソクラトに関する通信が原因だったのか？

ただの偶然とは思えない。自分とタマル・カルタク、そしてここで起きた事件にはなんらかの関係があるはずだ。

タマル・カルタクは、だれと戦ったのか？　そして、なぜ敗（やぶ）れたのか？

ハルト人は慎重に瓦礫を調べた。タマル・カルタクを襲撃した相手について手がかりを捜すが、なにも見つからない。

もしかして、タマル・カルタクは衝動洗濯におちいり、狂乱状態で家を破壊したのだろうか。あるいは、だれかに連れさられ、その後、家が破壊されたのか。

第二の可能性は除外しよう。あまりにもありえないから。とはいえ、衝動洗濯のせいとも思えない。平和的ブリンドールによって暴力クリスタルが鎮められてからというもの、テルツロック人にはめったに見られないものだから。それでも、衝動洗濯以外に説明がつかない。

イホ・トロトは納得がいかないまま、瓦礫の上に腰をおろした。

惑星テルツロックの謎は、深まるばかりだ。

だれかが、自分とドモ・ソクラトの接触を妨げようとしているのか？　それとも、ドモ・ソクラトになにかあり、もう友とは話せない状況なのか？　ドモ・ソクラトはすでに死んだのか？　責任の追及をまぬがれるために、何者かがその死をかくそうとしているのか？

これまでに得た数多くの手がかりから真実を見つけだそうとしたが、まだ情報が不足しているせいか、うまくいかない。

頭上に影が落ちた。見あげると、百メートルほど上空に大きな反重力グライダーが浮かんでいる。イホ・トロトは警戒した。立ちあがり、大きくジャンプしながら瓦礫をいくつか跳びこえる。すると、右脚をつかまれ、力強く引きもどされた。

本能的にふたたびジャンプし、安全な場所に移動する。同時に、周囲の瓦礫が舞いあがった。

複合銃をつかむと、グライダーの一角に向かって発砲する。機体を撃墜するつもりはないが、乗員に警告するためだ。細いエネルギー・ビームが上方に向かって伸び、グライダーの数メートル下でほのかに輝くバリアにあたって消えた。

イホ・トロトはグラヴォ・パックを操作し、逃げだそうとしたが、見えない力につかまれ、空中に引きあげられていく。それは、戦闘服の反重力装置よりも強力だった。ハルト人をしっかりととらえ、はなさない。徐々に引きあげられ、グライダーのおよそ二十メートル下に到達。どれほどもがこうとも解放されず、戦闘服の装備を駆使しても効果はない。なにも状況は変わらなかった。複数の牽引ビームにとらえられ、わずかに身動きができるだけ。

怒りにわれを忘れ、叫ぶ。タマル・カルタクになにがあったのか、突然、理解した。かれもまた牽引ビームで連れさられたのだ。反重力グライダーに乗った者たちに家から連れさられそうになり、全力で激しく抵抗した結果、家ごと破壊されてしまったにちがいない。

その抵抗はタマル・カルタクにとり、なんの助けにもならなかったわけだ。

イホ・トロトは、自分の愚かさを責めた。無意味に力を浪費したのだ。未知の力におびえ、パニックにおちいった動物のようにふるまってしまった。もう、おとなしくしよう。牽引ビームに身を任せ、グラヴォ・パックのスイッチも切った。

待つしかない！　みずからにいいきかせた。どこかで降ろされるはず。それからが見物だ。相手の正体も目的も、わかるだろう。

グライダーは加速し、高度およそ四千メートルまで上昇した。イホ・トロトはまったく動じない。なにも起こらないと信じていた。牽引ビームのスイッチが切られ、落下したとしても、グラヴォ・パックですぐに体勢を立てなおせるはず。

グライダーは北の山岳地帯に向かい、一時間ほどで高原に到達。そこは輝く暴力クリスタルでおおわれていた。クリスタルの多くが、恒星光を特定の角度で受けると溶けだし、あらたな形ですぐに再生する。

イホ・トロトは、なぜここに連れてこられたのか、わかった。暴力クリスタルの影響で、わたしを変容させようというのだ。

突然、この日遭遇したテルツロック人たちを思いだした。ガラス細工で遊んでいた三人は、まるで子供のようにふるまっていた。だが、〝ツバメの巣〟にいた男は、イホ・トロトをおびきよせて撃った。岩塔の三人はきわめて平和的だったが、〝ツバメの巣〟のテルツロック人はまるで正反対だった。タマル・カルタクも、とりたてておだやかだったというわけではない。

グライダーは高原を越えて飛びつづけ、クリスタル地帯があらゆる方向に何キロメートルも広がる地点に到達した。そこで機体はゆっくりと降下し、ハルト人をクリスタルの五メートル上でほうりだす。イホ・トロトは暴力クリスタルのあいだに落下したものの、巧みに体勢を整えた。空を見あげ、グライダーの乗員を確認しようとしたが、よく見えない。機体は垂直に急上昇し、雲のなかに消えると、水平飛行に移った。

拉致されたあと、装備も奪われずにただ放置されるとは思ってもみなかった。グラヴォ・パックを使えば、すぐにでもここから立ちされるだろう。

数歩進むと、暴力クリスタルにぶつかった。なかには、高さ七メートルに達するものもある。クリスタルはごく軽くもろいものなので、たちまち崩壊した。ここに放置されたのは、暴力クリスタルの精神的影響を受けさせるためにちがいない。だが、その狙いはなにか？

腑に落ちず、立ちどまったままでいた。

いまだにビッグ・プラネットの状況を把握できないのが気に入らない。だれが背後に潜んでいるのか？　特殊能力を発展させたテルツロック人が、裏で糸を引いているのか？　表向きはテルツロック人の世話をしているポスビか？　いまだ姿を見せないグラドか？　かれらが控えめな役割を放棄したのか？　あるいは、平和的ブリンドールが長年のあいだに暴力クリスタルの影響で変わってしまい、もはや緩衝材ではなく、攪乱要因と化したのか？　それとも、ほかに未知の勢力が存在するのか？

ひとまず、クリスタル地帯をはなれることにしよう。暴力クリスタルの精神的影響を避けることはできないし、これまでのようなブリンドールによる中和も期待できない。グラヴォ・パックのスイッチを入れようとしたが、バッテリーが切れかけていることを知らせる音がした。

しかたがないので、一メートルほどの厚さのクリスタルに腰をおろす。バッテリーのこの状態は、ひとつしか説明がつかなかった。反重力グライダーに乗った者たちがエネルギー吸収装置で、装備から大量のエネルギーを吸いとったにちがいない。

立ちあがると、クリスタルをつかみ、怒りにまかせて投げつけた。それは五十メートルほど飛び、ほかのクリスタルにぶつかって無数の破片と化す。

イホ・トロトは動きだした。まず、ゆっくりと歩きはじめたが、すぐに走行アームをおろし、クリスタル地帯を駆けぬけた。からだの分子構造を変化させ、血と肉の存在から、鋼のように硬いボディと化す。衝突したクリスタルは、ことごとく粉砕された。破片が空高く舞いあがる。軌道上のフラグメント船のポスビには、モニターごしにその直線的な破壊のシュプールが見えるだろう。

3

　ポスビは、パンタロンと名乗った。イホ・トロトがこのポスビに遭遇したのは、クリスタル地帯のはずれだった。パンタロンはまるで、丘の頂上にそびえたつ鋼の彫像のようだった。ハルト人がクリスタルに囲まれてから、すでに一時間以上が経過している。その影響で、自分は変わってしまったのか。

「われわれは友です」ポスビが手を高く掲げてアピールすると、おおげさにいった。

　向かいあう三つのX字形金属片が胴体を形成し、何百ものブラシの毛のような脚がそれを支えていた。その上に、金属製アーチ六本で構成された輝くドームがそびえる。その下には、三本の細い糸につるされた青い球体がぶらさがっていた。どうやら、そこが生体ポジトロン・ロボットの有機部分のようだ。すべてのポスビには、こぶし大ほどの細胞プラズマがあり、半生体の神経束を通じて制御ポジトロニクスに接続されている。パンタロンは三本腕で、それぞれがX字形金属片から分岐していた。

「本当の友かどうかは、これからわかる」ハルト人が応じた。「まずは、友の証しを見せてもらおう」

「重要な疑問にすぐにとりくんでくださるとは！」パンタロンが大声でいった。「わたしの言葉が真実だと証明できるのはなによりです」

「バッテリーがほとんど底をついた。エネルギーが必要だ。もらえるか？」

「問題ありませんが、わたし自身もかなり弱まります」

「きみなら、生きながらえるさ」

ポスビは近づいてくると、X字形胴体からケーブルを伸ばし、ハルト人のバッテリーに接続。たちまち、エネルギーが流れこむ。

「これはあくまで応急処置です」パンタロンが告げた。「ましなエネルギー源を探さなければなりません」

ハルト人は応えず、ポスビからエネルギーをとりつづけた。すると、ポスビは大声をあげ、エネルギー源が枯渇したため、ただちに休息が必要だと主張した。

「順調な滑りだしだ」イホ・トロトが称讃した。「では、次の問題だ。ドモ・ソクラトはどこにいる？」

それまで自分がいかに役にたつかを強調するかのごとく、ポスビが空中で振りまわしていた腕が急に垂れさがった。腕は、まるで制御を失ったかのように揺れている。イホ・トロトには、途方に暮れているかのように見えた。

「ドモ・ソクラトとは、だれです？」パンタロンが訊いた。

「友だ」イホ・トロトは、いらついたようすで応じた。「友なら、質問で質問を返したりしない」

「その名前は聞いたことがありません」パンタロンが断言する。「あなたに疑われるとは心外です。力になりたいのはやまやまですが、そのドモ・ソクラトとやらについてさらなる情報がなければ、どうしようもありません」

「この惑星にいるテルツロック人全員の名前を知っているのか？」

「もちろん、全員は知りません。一部だけです。ですが、仲間に聞いてみることはできます。どこかに全員の名前と居場所が記録されているはず。もしビッグ・プラネットにドモ・ソクラトがいるのなら、かならず見つかります」

「ならば、少なくとも進展があったわけだ」イホ・トロトが認めた。

「ほっとしました」

「さ、行くのだ！　なにをしている？」

「なにをしろと？」

ハルト人はため息をついた。パンタロンは、本当はイホ・トロトがなにを望んでいるかを正確にわかっているはず。なんらかの理由で、行動を起こすことを拒んでいるにちがいない。

「質問に答えろ。ドモ・ソクラトはどこにいる？」

「答えられません。ドモ・ソクラトがだれであるかも、わからないのですから」

「ならば、ほかのポスビに聞いてみろ」

「なるほど！」パンタロンは大げさに驚いたふりをした。「あなたがそう望んでいるとは知りませんでした、友よ」

「そうだ、望んでいるとも。さ、行け。聞いてこい。ここで待っているから」

「もう、やっています。いままさに、フラグメント船に連絡しました。なにかわかったら、すぐに知らせます」

イホ・トロトは数歩進んだ。ここは、クリスタル地帯のはずれだった。ここからは、ゆるやかなくだり坂がつづく。目の前には、広大な湿地と原生林がひろがっていた。ところどころ、沼から円錐形構造物がそびえたつ。両生類によって築かれたものだ。高さは時に、二百メートルに達する。内部では、何千もの生物が一種の共同体を形成していた。かつてのテルツロックは産業が高度に発展した惑星だったが、いまもそうかもしれない。すべての産業はロボット化されていたため、テルツロック人は研究と発展に専念できたのだ。ハルト人は考えた。産業施設はどうなったのか。まだ稼働しているのか、それとも需要がなくなり放置されているのだろうか。生産は大幅に制限され、テルツロック人やグラドの生活に必要なものだけが製造されているのかもしれない。あるいは、ロボット産業はもはやそれすらも供給せず、隠者たちは自給自足を強いられているのかもしれない。もっとも、すべて憶測にすぎない。確実な情報を得るまで、この問題について考えるのはやめよう。たとえ、ポジトロニクス制御される産業でも、放置してはならない敏感なシステムだ。過去数百年のあいだに障害が発生し、致命的結末をもたらした可能性もある。どのような影響があらわれたかは容易にはわからない。産業施設はすべて、惑星の地下にあるから。

「どうした？　なぜ答えない？」数分間、沈黙がつづいたのち、ポスビに問いかけた。

「たくさんの名前がわかりました」パンタロンが誇らしげに告げる。「たとえば、タミル・ソトロト、ドムラト・ソクロ……」

「なにをいっている？」ハルト人が雷のように轟く声でさえぎった。

パンタロンは驚いてあとずさり、

「名前をあげています」と、防御するように両手をあげた。

「興味はない。ドモ・ソクラトはどこだ？」

「その名前はありませんでした」ポスビが主張した。「ですが、似たような名前はあります。トマト・コラト、ドロム・ソッコ、オモド・クロサト……」

イホ・トロトはふたたびうめき声をあげると、地面にすわりこみ、両生類の塔を見あげた。パンタロンは何十もの名前を連ねていく。ハルト人は確信した。このポスビは、ただ時間稼ぎをしているにすぎない。

「……コモ・トラテス、ソクラテス、オルドモ・クラト」パンタロンが単調な声でつづける。

「なんだと？　ソクラテスといったのか？」

イホ・トロトは、跳びあがった。

「そのとおりです」ポスビが応じた。「コモ・トラテスに……」

「黙れ！」

「ずいぶんとぶしつけなのですね。友なのに」パンタロンが不満を漏らした。

「興味があるのは、そのソクラテスだけだ。どこにいる？」ポスビに歩みより、脅すように見おろす。「答えがビッグ・プラネットならば、きみを叩きつぶすぞ」

「でも、そのとおりなのです。この惑星にいます！」

「知りたいのは、正確な場所だ。案内してくれ」

「もし、あなたがソクラテスを探していると知っていたなら、とっくにそうしていました。ですが、聞いていたのはちがう名前でしたから」

イホ・トロトは低く笑った。

「友よ、そんなことでわたしの神経を逆なでしようとは思うなよ。すぐにソクラテスの居場所に案内しろ。そこまで、どれくらい遠いのか？」

「遠いという言葉は感覚的なもので、正確な距離をあらわすものではありません」パンタロンが考えこむようにいった。「ある者には鼻先すらすでに遠く、またある者には……」

ポスビは驚いて口をつぐんだ。イホ・トロトが、腕の長さほどのクリスタルをつかんで投げつけたから。もっとも、相手を傷つけないよう、わざと狙いをはずしていたが。

「お払い箱になるのも、そう遠くないぞ」ハルト人が脅した。「いますぐ、ドモ・ソクラトのところに案内しないなら、その命も風前の灯火だ」

「いまの話は、よくわかりませんでした」ポスビが叫び、興奮したようすで三本腕を振りまわした。「きっと、あなたの忍耐が限界に近づいているといいたかったのでしょうが……」

そういいながら、ポスビは次の攻撃を避けるために身をかがめた。

「わかりました。議論は不要ということですね？」

「そのとおりだ」イホ・トロトが肯定する。「こんどは急所を狙うからな。いますぐ、案内しろ」

「もう遅い時間です」ポスビが告げた。「まるひと晩、かかりますよ。すぐに出発しますか、それとも朝になるまでここで待ちますか？」

イホ・トロトは恒星を見つめた。ちいさな火球のように地平線に近づいていく。

パンタロンのいうとおりだ。あと半時間もすれば暗くなるだろう。それでも、足どめされるつもりはない。

「時間をむだにするな。出発だ」

そう告げると、上昇した。ポスビも反重力装置のスイッチを入れ、

「ついてきてください！」と、ハルト人をうながす。「速すぎたら、教えてください。もちろんつねに注意しますが、あなたを見失うことがあるかもしれません。悪天候のせいで……」

ポスビはたえまなく話しつづけ、はなればなれになる可能性を列挙した。イホ・トロトはもう耳を貸さない。

南西に向かって飛びつづけた。トクサが密集する尾根をいくつも越え、やがて広大な湿地に到達。とはいえ、もうほとんど景色は見えない。恒星は沈み、星々がわずかな光をはなつだけ。

ハルト人は確信していた。〝ソクラテス〟というのは、ドモ・ソクラトのことにちがいない。アトランのオービターだったときも、ストーカーが設立した英雄学校の生徒だったときも、友はそう名乗っていた。ここビッグ・プラネットでは、ストーカーのためにテルツロック人を勧誘しようとしたこともあった。

これまでイホ・トロトは、この惑星でドモ・ソクラトが見つかると期待していたが、

確信はなかった。五百年前、テルツロックに立ちよったときも友は不在だった。当時、長い旅に出ているといわれたが、行き先もここにもどるかさえも、だれも知らなかった。

そして、何百年も経過したいま、イホ・トロトはふたたびテルツロックにもどり、ついにドモ・ソクラトの手がかりを見つけたようだ。

眠気に襲われた。パンタロンは目の前を飛びつづけたが、いつのまにか、おしゃべりをやめていた。ハルト人はひそかにそれを〝長広舌〟と命名。目を閉じて眠りに落ちた。

やがて、地平線にかかるひと筋の光明で目を覚ます。夜が明けたのだ。南西にそびえる巨大な山脈が近づいてくる。もっとも高い山は、標高一万六千メートルはあるだろう。空はまだ暗く、星がよく見えた。まもなく、空がグレイグリーンに変化する。パンタロンは辛抱強く、目の前を飛びつづけていた。

「よく眠れました？」ポスビが声をかけた。

イホ・トロトはそれにには応じず、

「ドモ・ソクラトはどこだ？」と訊いた。「居場所まで、あとどれくらいかかる？」

「山の上のほうにいます。ソクラテスは、氷河に洞窟住居をかまえたのです。だから、われわれ、少なくとも一万四千メートルの高さまで上昇しなければ」

やがて、イホ・トロトは洞窟の入口を見つけた。そこには科学機器がならぶ。おそらく、大気分析のための装置だろう。ハルト人は装置のすぐ隣りに着地した。数歩先には、氷のなかにつづくトンネルがある。立ったまま入れるほどの大きさだ。それでもなかには進まずに入口で立ちどまった。

「ここが目的地です」パンタロンが告げた。「なぜ、なかに入らないのです？」

「友のプライバシーを尊重したい」イホ・トロトが応じた。「きみには理解できないと思うが」

「決してそんなことはありません」ポスビが主張する。「わたしは、もう失礼したほうがいいでしょうか？」

「そのとおりだ」

「では、行きますね」ところが、パンタロンはその場から動こうとしない。

「助けが必要なときは、通信機で連絡するから」ハルト人が告げた。

「声をかけるだけで充分です。すぐに駆けつけますから」

イホ・トロトはポスビに向きなおると、四本腕を伸ばし、

「もし一分後、まだ近くにいたなら、存在ごと消してやるからな」と脅した。もっとも、ただの脅しだ。本気で暴力を振るうつもりはなかった。それに、ポスビがじゃまだとも思わない。それでも、ドモ・ソクラトとふたりきりで話したかった。脅したのは、パンタロンがそれを真に受けて立ちさることを期待したにすぎない。実際、効果があったようだ。ポスビは腕をボディに押しあて、氷の上を数メートルほど滑っていく。

「まったく、気むずかしいかたですね」パンタロンがいった。「あなたの願いをかなえるのは容易ではありませんが、それでも満足いただけるよう全力をつくします」

ハルト人はこぶしを握りしめたが、実際に振りおろすつもりはない。それでもパンタロンは本気にして、猛スピードで飛びさると急降下し、たちまち視界から消えた。

「厄介なやつだな」背後から、ドモ・ソクラトの低く唸るような声が聞こえた。

イホ・トロトはおもむろに振りかえった。笑みが浮かび、その赤い目が温かな光をたたえる。

「やっと会えたな、ドモ・ソクラト。そばに行ってもかまわないか？」

「もちろんだとも。長年、孤独に過ごしてきた。友を歓迎する。もしよければ、このまま氷の上にいないか。ここから眺める景色が好きなのだ。まもなく、雲も晴れるだろう」

イホ・トロトは思った。ずっと前に会ったとき、アトランのもとオービターはもっと情熱的で活発だったはず。いまや、ドモ・ソクラトはおちつきはらい、控えめな印象を受ける。まるで、ライフワークを終えて隠遁生活を楽しむ年配者のようだ。

イホ・トロトは、自分が惑星ハルトを訪れたことを告げ、そこでなにを見たかを話した。

「同胞種族の失踪の謎を探るため、わたしはアトランとともにハルトに行った。どうやら、われわれのほかにハルト人はもういないようだ。すでにハルトは荒れはてた惑星と化していた。ハルト人は〝電光〟の襲撃で全滅したらしい。思うに、われわれふたりが同胞種族の最後の生きのこりかもしれない」

ドモ・ソクラトは友から数歩はなれた。足もとの氷がきしむ音をたてる。

「それは思いちがいというもの」数分ほど、山の頂上を見あげていた友が告げた。「同胞種族はまだ存在する」

「本当か?」イホ・トロトは叫んだ。友に向きなおりながら、自分が思いのほか冷静でいることに驚く。ドモ・ソクラトの言葉は、本来なら激しい動揺をもたらすもの。実際、晴天の日がつづいたあと、雨が降ると突然告げられたような気分だ。

「たしかなのか?」

ドモ・ソクラトは友のもとにもどり、氷の上に腰をおろした。二本の手でからだを支え、もう二本を膝の上に無造作に置きながら、

「たしかとは?」と、控えめに笑った。「たしかなものなどなにもない。わたしはただ、伝説の内容を知っているだけ」

「伝説だと?」イホ・トロトも腰をおろし、期待に満ちた目でアトランのもとオービターを見つめた。ハルト人種族の運命に関する伝説など、聞いたことがない。

「タマスカン・アハクインの伝説によれば、同胞種族は惑星ハルトをはなれ、宇宙の果

てに飛びさったとされている。ハルト人はテラの月よりも大きな宇宙船を建造し、船内にはハルト人がそれぞれ、好きなだけ孤独に過ごせるほどのキャビンがあるらしい」ドモ・ソクラトが説明した。「すでに科学をきわめた種族にとり、なんとすばらしいアイデアなのか！」

イホ・トロトは疑わしげに友を見つめ、

「本当にそのようなことをハルト人がしたと信じているのか？」と訊いた。

「もちろん、信じてはいない」ドモ・ソクラトが答えた。「これはただの伝説だ。それによれば、ハルト人は何百年も前に旅立ったらしい。旅は千年単位でつづくかもしれないが、それはどうでもいいこと。旅の終わりには同胞種族の一部が、これまでだれも見たことのないような光景を目にする。残念でならないのは、自分がその船に乗っていないことさ」

イホ・トロトは立ちあがった。雪を手にとり、球にすると、遠くに投げる。

「同胞種族が実際、そのような計画を実行するとは思えないな」

「これは伝説のひとつにすぎない」ドモ・ソクラトが笑みを浮かべた。「そして、それがすべて真実だとしたら、わたしは誇らしくてたまらない！　そのような冒険を計画した種族はいないからな！」

「つまり、ほかにもまだ伝説があるということか」イホ・トロトが指摘した。「伝説はどこで生まれたものなのだ?」

「わからない。だれかが聞いたことをべつのだれかに話し、ある者は話を多少脚色し、べつの者は削ぎおとして、最終的に伝説と呼ばれるものができるわけだ」

「きみに、同胞種族がどうなったのかを話したのはだれだ?」

「グラドのひとりさ」

イホ・トロトは、装備のバッテリーがほとんど切れかけていることを思いだした。それをドモ・ソクラトに伝えたところ、氷の洞窟に招かれ、そこでバッテリーを充電することになる。トンネルを進むと、原始的でありながら高度技術が共存する不思議な世界が広がっていた。友は、氷河の奥深くにいくつもの洞窟をこしらえていた。そこには、次元を超えるフォームエネルギーの研究に必要な装置がならぶ。快適さはどこにもない。機器類は氷に敷かれた絶縁マットの上に置かれていた。むきだしの壁には、装飾する手間をかけたようすはない。この氷の洞窟は、まるでごく短期間の仮住居として用意されたかのように見えた。実際には数十年以上、友はここに住み、研究をつづけている。

「グラドはどこにいる?」イホ・トロトは、バッテリーを充電しながら訊いた。「グラドをまだひとりも見かけないが。ポスビはここでなにをしている? なぜ、攻撃的なテルツロック人もいれば、まさに子供のように、ごく平和的にふるまう者もいるのか。産業設備はどうなっている?」

「一度にたくさんの質問だな。順に答えてみよう」

ドモ・ソクラトはそう応じると、巨体を氷の壁にもたせかけ、四本腕を組んだ。

「ビッグ・プラネットでは、すべてが非常に静かになった」友が語りはじめる。「まるでテルツロック人全員が眠りにつき、あらたなエネルギーを蓄え、まちがいなく訪れる次の未来への突撃に備えているかのようだ。たしかに、攻撃的なテルツロック人もいると聞いているが、それはごく稀な例外だ。数千人中、せいぜいひとりいるかいないかの」

「で、産業はどうなっている？」

「必要最低限の生産量で、どうしても必要なものだけを製造している。たとえば、グラドのグラヴォ・パック用のバッテリーだ。グラドは、重力調整なしではビッグ・プラネットで生活できないからな」

「もちろんだ。この惑星の重力はグラドには高すぎる」

「グラドは、重力に適応するよう試みるべきだった」ドモ・ソクラトが批判したが、その適応方法については言及しない。

「ほかには？」

「実際、きみがなにを知りたいのかわからないが、トロトス！　すべては正常だ。ここは、だれもが望むように生活できる完璧な惑星だ。たしかに、テルツロック人それぞれのあいだに相違はあるが、相違がなければ、それはそれで残念だ」

イホ・トロトはうなずいた。わかっている。ビッグ・プラネットの状況には実際、もう興味がない。知りたいのは、ひたすら同胞種族の運命についてのみ。

はっとした。洞窟のなかを見まわし、機器類とそのあいだに立つドモ・ソクラトを見て疑問に思う。自分は、どうやってここにきたのか。

なにが起きたのか？　気を失ったのか？

ドモ・ソクラトに訊こうとしたが、諦めた。自分をさらけだしたくない。

この惑星の状況は、ふつうとはいいがたいものだ。なにかが、おかしい。

そして、ドモ・ソクラトもまた変わってしまった。

4

「いまから話す伝説は、真実に非常に近いかもしれない」ドモ・ソクラトがいった。ふたりはふたたび洞窟を出て、外の氷の上に腰をおろしていた。平原から吹きつける強風が暖かい空気を押しあげ、氷を溶かす。いたるところで氷の裂け目から湧きでた水が、斜面めざして流れていく。恒星は、グレイグリーンの空高く昇っていた。その光に包まれ、平原の無数の川と湖がきらめく。

イホ・トロトは一羽の猛禽類を観察していた。二百メートルほどはなれたところで、上昇気流に乗っている。鳥の翼幅は、少なくとも五メートルはありそうだ。

「その伝説によれば、ハルトは完全に破壊され、惑星にハルト人はもう存在しないらしい。局部銀河群にも、ハルト人はもういないと聞いている。わたしが知るかぎり、この話は事実と合致しているようだ。惑星ハルトはまだ存在しているが、もはやハルト人が住める状況ではない。銀河系にもどる道も閉ざされている。同胞種族がどこに消えたのか、ここテルツロックで手がかりが見つかるのではないかと期待していたが、あてがはずれた。手がかりはない。いまでは、同胞種族が〝高次の使命〟を受けたか、あるいは、もう存在しないと考えるようになった」

イホ・トロトはじっと耳を傾けていた。最初に聞いた伝説は、まだ同胞種族が生きているかもしれないという希望をもたらした。どのような伝説にも一片の真実がふくまれている。もし種族が故郷惑星とともに滅んでいたならば、だれもハルト人を気にかけることはなかっただろう。

〝高次の使命〟という言葉は、これまで知りえた情報のなかでもっとも重要に思えた。

「〝高次の使命〟という意味がよくわからない」イホ・トロトはいった。「なにを意味しているのか？」

ドモ・ソクラトは、その言葉をはじめて聞いたかのように友を見つめ、

「わたしにもわからない」と認めた。

突然、猛禽類がふたりに向かってきた。イホ・トロトは身を守ろうと腕をあげたが、ドモ・ソクラトはまったく反応しない。鳥の鋭い爪が、友の頭のすぐ近くをかすめる。鳥は鋭い鳴き声をあげ、翼を打ちふりながら、氷の峰の向こうに消えた。イホ・トロトには、なぜ鳥が突然攻撃してきたのか、理解できない。それでも気にしなかった。

ただ、なぜ友が反応せず、目を守ろうともしなかったのかを疑問に思った。

ふたたび、ドモ・ソクラトに向きなおった。目をこする友を見て、ふたたび興味を失

う。

「先ほどいっていた、同胞種族の〝高次の使命〟というのは」イホ・トロトが念を押すようにいう。「どういう意味だ？」

「わからない」ドモ・ソクラトが告白した。「伝説ではそういわれている」

「話してくれ！」

「伝説によれば、〝電光〟の襲撃を受けるまえに、同胞種族はすでに惑星ハルトをはなれていたらしい。当時、次元がひらき、だれもが知るが、だれもその名前を口にしない存在があらわれ、ハルトの地に足を踏みいれたという」

「どういうことだ？」イホ・トロトは驚いて訊いた。「それはだれだったのだ？」

「わからない。わたしは、ただ伝説の内容を話しているだけ。それによれば、その者がプンクトバル・アノシュの偉業にもとづいて行動したといわれている。とはいえ、それがどのような偉業かはわからない。その者がだれであるかを推測したところで、きみにもわたしにもあまり意味はないだろう」

「同感だ。つづきを話してくれ」

「その者はわれらが同胞種族に対し、宇宙的使命を果たすようながし、まずアンドロメダに移住するよう求めたという。その結果、ハルト人全員が故郷をはなれ、その後、〝電光〟に襲撃されたらしい。惑星ハルトの自動防衛施設は攻撃者を迎えうったが、敗北したようだ。そして、ハルトは壊滅した。伝説ではそう語られているが、真実かどうかはさだかではない。きみのいうとおり、惑星はいまも存在するが、すっかり荒廃したようだな」

「なぜ、その話を知っている？　だれから聞いた？」

「調べたのさ。ハルト人の運命についてなにか知っていそうな者全員に訊いてまわった。どこからきたかに関係なく、テルツロックを訪れた宇宙船の乗員にも。この惑星の情報センターに問いあわせ、あらゆる機会を利用した。こうして少しずつ情報を集め、ようやく全体像をつかむことができたのさ」

　ドモ・ソクラトは立ちあがった。数歩ほどはなれた氷壁の前には、溶けだした水がたまり、ちいさな池が出現。友はそのなかに入り、腰まで水につかると、池の壁を蹴った。そこに生じた亀裂から水が流れだす。十メートルほどうしろにも氷壁がそびえる。とりわけその場所は、暖かな空気と恒星光にさらされていた。溶けだした水が氷壁からしたたりおちる。そこの氷は、ほかの場所よりも透きとおって見えた。イホ・トロトは気づいた。その下に無数の暴力クリスタルが存在する。

　数キロメートル先で、轟音とともに垂れさがる氷河の先端が崩れ、巨大な氷塊が大音響をたてながら谷底へと落ちていった。ハルト人は、驚くべきものを発見する。崩れおちた氷の破片の下に突如、暴力クリスタルが出現したのだ。クリスタルは、特定の角度からさしこむ恒星光によって氷の下で溶けだしていた。そのさい空洞が生じ、氷が岩とのつながりが断たれたことでささえを失い、崩れおちたにちがいない。イホ・トロトは、にわかに興味を抱き、周囲を綿密に観察する。すると、いたるところに氷を透かして光る暴力クリスタルが見えた。どうやら、この山全体がクリスタルでおおわれているようだ。

「知っていることは少ない」ドモ・ソクラトはつづけた。「しかも、それが真実にどれだけ近いのかもわからない」

友がイホ・トロトのもとにもどった。

「故郷をはなれた者の運命とはそういうものさ。情報は二次的、三次的に得られるのみで、真実がどこにあるのかはわからない」

「ほかにも伝説を知っているのか?」

「わたしから見れば、もっとも信じがたいものだ」ドモ・ソクラトが答えた。「その伝説によれば、ギャラクティカーに裏切られたといわれているが、かれらがハルト人を裏切るとは思えない」

「話してくれ!」

「話すべきことはあまりない。テラナー、アコン人、アルコン人、スプリンガー、アラスからなる使節団が、何百年も前に惑星ハルトを訪れたという。おそらく、ハルタ星系近傍が立入禁止宙域とされたあとだろう。当時、使節団はとんでもない提案をしたらしい。われわれ、ハルト人もかれらのように家族を作るべきだと」

ドモ・ソクラトはイホ・トロトを見つめた。相手が怒りだすのを期待するかのように。ところが、友は平然としていた。まるで話の内容をまったく理解していないかのようだ。

「ハルト人の存続が脅かされており、家族をつくることこそが種族を救う唯一の手段だとして、提案されたらしい。家族を通じて、ハルト人はより高次の使命と宇宙的意義を見いだすべきだと。まったくばかげた話さ！　使節団のメンバーも、それがどれほど無意味か理解していたはずだ。仮にそのような要求が本当にあったとすれば、惑星全土で激しい反撥を引きおこすのは避けられなかっただろう。そして実際、使節団と銀河系諸種族に対する反乱が起きたといわれている。こうして、使節団は自分たちの目的を達成したのだ」

「目的とは？」

「ハルト人を争いに巻きこみ、混乱させたのだ。そのすきに〝電光〟の攻撃がはじまり、手遅れとなった。同胞種族は防御しきれず、惑星ハルトをはなれざるをえなかった。そのあと、さらにひどい裏切りがあったらしい。ギャラクティカーは故郷惑星を失った種族を受けいれず、亡命を拒んだというのだ」

「信じがたい話だな」イホ・トロトが無関心そうに応じた。自問していた。自分はなぜこの話を聞いているのか。ドモ・ソクラトの語ることに興味はない。

「失望した同胞種族は、局部銀河群をはなれ、べつの銀河に移住したという。とはいえ、詳しいことはだれも知らない」

ドモ・ソクラトは膝をつき、イホ・トロトを見つめた。

「なにが真実で、なにが虚構なのか。わたしにはわからない。だれにもわからないのだ」

アトランのもとオービターは、相手の反応がないことに落胆したようだ。立ちあがると、ふたたび数歩はなれていく。

イホ・トロトは、夢から覚めたような気分だった。またもや、現実感を失っていたことに気づく。

本来ならば抱いて当然の感情がわかないことに驚いた。ドモ・ソクラトの話にほとんど心を動かされなかったのだ。同胞種族は局部銀河群にいるにちがいない。いまだにそう確信していたが、そのかくれ場を探すことにほとんど関心がなくなっていた。

居場所は、もしかしたら牢獄かもしれない。同胞は、どこかに囚われているのかもしれない。そう考えても、なにも感じなかった。

同胞種族になにがあったのかを知りたいがために、ここにきたのではないのか。あらゆる手をつくして、ドモ・ソクラトを捜しだしたのではなかったのか。なぜ、興味がないのにそのようなことをしたのか。

心の内に耳を傾け、考えた。自分はなぜ、このような問いかけをしているのか。

「なぜ、なにもいわない?」ドモ・ソクラトが訊いた。「一時間もきみが答えるのを待っているのに、きみはただ空を見つめたまま沈黙するばかりだ!」

イホ・トロトは、ほとんどなにも耳に入らなかった。まったく、なにも感じない。ドモ・ソクラトもまた、疲れはてているように見えた。氷の上に腰をおろし、うつろな目で前を見すえている。まるで、イホ・トロトがそばにいることを忘れたかのようだ。

このとき、《ハルタ》の搭載艇が音もなく近づいてきた。牽引ビームでとらえられ、イホ・トロトは驚いてからだを起こす。口を開いた。まるで抗議の声をあげようとするかのように。なすすべもなく、ただかぶりを振りながら、搭載艇に引きよせられていく。ドモ・ソクラトは友に目もくれない。なにも気づいていないようだ。

＊

「あなたは本当に〝つまらないやつ〟ですね」イホ・トロトが《ハルタ》の司令室に足を踏みいれたとたん、タラヴァトスがばかにするようにいいはなった。

「聞きちがいか?」ハルト人が大きなあくびをしながら、訊く。疲れきっていた。

「驚きです!」タラヴァトスが嫌みをこめていう。「またもや、あなたが反応するとは」

イホ・トロトは《ハルタ》をはなれる前、船載コンピュータに指揮をゆだねていた。はるか昔、ペリー・ローダンからタラヴァトスと命名されたシントロニクス結合体に。

「なにがあった？」ハルト人が訊いた。「わけがわからないが」

「予想どおりです」シントロニクスが応じた。「あなたはビッグ・プラネットに足を踏みいれてからというもの、〝つまらないやつ〟になってしまった。自分でそれに気がつかないほど、ひどい状態です」

イホ・トロトは、シートに深く沈みこんだ。

「本当か？」もうわかっていた。タラヴァトスのいうことは正しい。テルツロックで、あらゆる意欲を失ってしまったようだ。

「あなたを救出しなければなりませんでした。無気力化インパルスの影響を受け、抵抗すらできなくなっていたから。わたしが助けださなければ、あなたはドモ・ソクラトのようにテルツロックにとどまり、のこりの人生を無為に過ごしたことでしょうよ」

《ハルタ》がスタートした。イホ・トロトはそれに気づいたが、反応しない。タラヴァトスがくだした決断に、したがうことにした。視界がぼやけていく。周囲の出来ごとに興味を失い、内なる殻に閉じこもる。目を閉じ、眠りに落ちた。

「ずっと、見守っていてくれたのか？」深い眠りから目ざめると、ハルト人が訊いた。

「そうです」船載コンピュータが肯定した。「そうしてよかった。そうでなければ、あなたを救出できなかったでしょう」

「おそらく、そのとおりだ」

イホ・トロトはふたたび大きなあくびをした。シートにさらに深く沈みこみ、目を閉じる。

「無気力状態ですね」タラヴァトスが指摘する。「危険な兆候です。もっと早く行動に出るべきでした」

とてつもない疲労感に襲われ、トロトはからだから力が抜けるのを感じた。ふたたび眠りに落ちる。目が覚めるまで、長い時間がかかった。船載コンピュータの最後の言葉が頭からはなれない。それについて考えてみる。

「正直にいえば、ドモ・ソクラトの家の近くに庵室をかまえようかとまで考えた」ハルト人は目を閉じたまま、告げた。

「そんなことだろうと思いました。だからこそ、あなたの頭が完全に〝たいくつになる〟前に手を打ったのです」

イホ・トロトは笑った。

「どうやったら頭が〝たいくつになる〟のだ？」

「それは、わたしも疑問でした。テルツロックでのあなたを目にするまでは！」

ハルト人はからだを起こした。目を開け、司令室を見わたす。一瞬、自分がどうやってここにもどってきたのか、わからなかった。それでも、すぐにタラヴァトスに連れもどされたことを思いだす。スクリーンに目をやり、《ハルタ》がビッグ・プラネットの軌道上にあることを確認した。

「いくらか正気にもどりましたか？」船載コンピュータが訊いた。

イホ・トロトはようやく、タラヴァトスがスクリーンに表示している日付に気づいた。一一四四年十一月十七日！　驚愕した。ビッグ・プラネットに足を踏みいれたのは、十月十六日のこと。《ハルタ》にもどされてすでに何週間も経過したのか！　それにまったく気づかなかったとは。それほど、長く眠っていたのか？　ハルト人は立ちあがり、司令室内を数歩、歩いた。これにより活気がもどる。目をこすった。いままで視界を曇らせていたヴェールがとりはらわれたように感じる。

「わたしに向かって〝つまらないやつ〟といったのか？」

船載コンピュータが声を落として答えた。おだやかで、ほとんどやさしい口調だ。

「控えめすぎました？」

イホ・トロトは大声で笑った。

「きみはたいしたパートナーだ」

「すでにそれを何度もお伝えしようとしたのですが」タラヴァトスが皮肉をいう。「遺憾にも、あなたは無視しつづけました」

　ハルト人はふたたび笑い、

「やっともとにもどったようだ」と告げた。「本当に危ないところだったな」

　無気力感が消えさり、もとの情熱が心をとらえる。テルツロックでなにかに支配されてしまった自分が腹だたしい。それに気づいていながらも抵抗しなかったのだ。その状態から解放されるまで何週間もかかった。考えられる理由は、ひとつだけ！

「もどらなければ」シントロニクスに告げた。

「たしかに」タラヴァトスが応じた。「あなたは、地上にいる者たちに目にもの見せてやる必要があります」

「原因は、暴力クリスタルしか考えられない」トロトは考えた。「だれかがそれを操作して、テルツロック人のあらゆる活動をおさえ、全員を無気力にさせているにちがいない」

「そうでもなさそうです」船載コンピュータが訂正した。「〝ツバメの巣〟には、活動的なテルツロック人もいるようです」

「矛盾だな」ハルト人が認めた。「それを解明するため、テルツロックにもどろう」

「ですが、まずは暴力クリスタルのインパルスからしっかりと身を守らなければ」

「もちろんだ。もう二度と無防備にその影響にさらされるわけにはいかない」イホ・トロトが立ちどまった。「もうひとつ質問だ。わたしをさらい、高原のクリスタル地帯に放置したのは何者だ？」

「わかりません」船載コンピュータが答えた。

「テルツロック人数名が、同様にさらわれたようだ」ハルト人が指摘した。「かれらはどうなった？」

「それもわかりません」

「きみは、どうやってわたしを監視していたのだ？」

「戦闘服に小型盗聴器をしのばせておいたのです」タラヴァトスが笑いながら告げた。「おかげで、あなたと周囲の音を聞くことができた。でも、姿は見えませんでした。それゆえ、情報がいくつか不足しています。そのほとんどは推測できましたが、すべてではありません」

「なるほど」

イホ・トロトはふたたび、シートに腰をおろした。

「テルツロックでなにが起きている？」タラヴァトスの返事を待たずに訊いた。「さらわれた者たちはどこにいるのか？　なぜ、さらわれたのか？」

「それを解決するのは、あなたの役目です」

「もう一度、ドモ・ソクラトと話さなければ」ハルト人は告げた。「友を船に乗せ、軌道にもどる。わたし同様に回復するといいのだが」

＊

イホ・トロトは、切りたつ崖の縁に立っていた。一万二千メートル下には、広大な湿地が広がる。

膝を曲げ、前傾姿勢をとりながら跳びおりた。つきでた岩をいくつか避けながら、岩壁に張りつくように建てられた〝ツバメの巣〟と呼ばれる家に向かって急降下する。

今回は、暴力クリスタルの放射を恐れる必要はない。船載コンピュータの助けを借り、細かい網目状の、ほぼ不可視のネットを用意したのだ。このネットは、二千三百年ほど前、ホワルフレクター・ヘルメットと呼ばれた、当時ヒュプノ・クリスタルに対抗するために投入された装置と同じ原理で機能する。

このホワルフレクター・ネットは、暴力クリスタルの影響から充分に守ってくれるだろう。使用されているホワルゴニウムの自己放射は、内蔵されたマイクロモジュールによって吸収されるため、探知されることもない。

〝ツバメの巣〟のすぐ上までくると、グラヴォ・パックで落下をとめた。くぼみに着地し、全力でドアに体あたりする。衝撃でドアが破壊され、イホ・トロトは室内に転がりこんだ。

目の前に、自分よりわずかに小柄な黒い姿が出現。拒むように四本腕をこちらに向かって伸ばしてくる。ハルト人はそのうちの一本をはらいのけ、引きさいた。

「やめてくれ！」〝ツバメの巣〟の住人が叫んだ。イホ・トロトは、跳びかかってくる相手をふたたび殴り、胸を直撃する。一撃で住人は床に倒れ、からだが熟れた果実のように破裂した。ハルト人は、そこから出てきたニードル銃をただちに奪いとる。

重傷を負ったその黒い生物を見おろした。生きているはずがないほどの重傷だ。ところが、破裂したテルツロック人の体内からポスビの奇妙な姿が出現。逃げだそうとしている。イホ・トロトはポスビをつかみ、しっかりとおさえつけた。足で殻を脇に押しのける。それが合成素材でできていることに気づいた。

「そういうことか。テルツロック人を装っていたわけだ」

「それが任務でした」奇妙な存在が答えた。

「だれの命令だ？」

ポスビは黙ったままだ。

「さ、いうのだ」ハルト人が迫った。「さもないと、力ずくで聞きだすぞ」

それでもポスビは答えず、動かなくなった。

「どうした？」イホ・トロトが訊いた。

その奇妙な存在を引きよせる。驚いたことに、もう死んでいた。ポスビをいじりまわしながら詳しく調べる。自己破壊するとは考えにくい。生体ポジトロン・ロボットが自分を欺こうとしていないかたしかめるため、ロボットを分解した。生体部分はすでに死んでいる。ポジトロン部分は過度の電圧によって焼ききれていた。ポジトロン記憶装置もすでに存在しない。そのため、テルツロック人になりすますよう、だれがポスビに命じたかを、つきとめることはできなかった。

5

　この数週間に降りつもった雪が、山々に厚い氷の層を形成していた。そのため、ドモ・ソクラトの洞窟の入口はほとんど見えない。

　イホ・トロトは浮遊しながら、ゆっくりと近づいた。ドモ・ソクラトに遭遇した場所に直接向かう。

　ふたたび、グラヴォ・パックを使っていた。《ハルタ》の搭載艇は容易に探知されてしまうため、あえて諦めた。慎重に洞窟の入口に滑りこみ、痕跡を残さないよう細心の注意をはらう。

「ドモ・ソクラト！」声を轟かせた。「どこにいる？」

　返事はない。

　洞窟のなかで反重力装置を切り、さらに進んだ。なぜドモ・ソクラトがいないのか、理解できない。友は、長年ここに住んでいるのだから。

「きみのシントロニクスにこの声が届けばいいのだが。返事を待っている」

洞窟のなかは、最後に訪れたときと変わらない。さまざまな機器が立ちならび、そのいくつかは作動し、自動的に調査結果を記録していた。争った形跡も誘拐されたようすもない。それでも洞窟の状態から、ドモ・ソクラトがしばらく留守にしているのは明らかだ。イホ・トロトは赤外線を感知できる目を使い、自分以外のあらたな足跡がないことを確認した。

洞窟内を念入りに調べたが、友が失踪した理由の手がかりはまったく見つからない。

「誘拐されたのだ」ついに結論づけた。「ほかの可能性はない」

無理やり拉致された痕跡はないものの、誘拐の可能性は高い。争った形跡がないのも当然だ。ドモ・ソクラトは、暴力クリスタルの影響で抵抗できなかったにちがいない。

「おそらく、だれかが友の手を引いて連れさったのだろう」ハルト人はいった。わざと思考を声に出すことで、タラヴァトスにしかるべき情報を伝えようとしたのだ。

突然、物音がした。動かず、じっと耳を澄ます。

だれかが洞窟の入口に近づいてきた。ポスビでもテルツロック人でもない。

イホ・トロトは一瞬、周囲を見まわした。グラヴォ・パックを使い、音をたてずに氷壁のうしろに滑りこむ。そのまま待機し、聞き耳を立てた。

未知者は最初の洞窟にいる。どちらに進むべきか、わからないようだ。咳をしている。ハルト人はわかった。グラドだ！　実際、まもなくヒューマノイドが入ってきた。種族特有のネコのような目に、頭から頸や顔にまで広がるライオンの豊かなたてがみ。

獅子頭と呼ばれるグラドの頭は、驚くほどちいさかった。顔の右半分は無表情で、張りがない。部分的な顔面麻痺のようだ。やわらかな革製のマリンブルーのコンビネーションに、真っ赤なロングブーツ。胸には、三本の白い矢で貫かれた赤い球体が輝く。印象的だった。これまで、一本の矢で貫かれた球体しか見たことがなかったから。

イホ・トロトが一歩前に出た。グラドは驚いて後退するだろう。ところが、その予想は裏切られた。グラドの表情はまったく変わらず、驚いたようすもない。

「ここでなにをしている?」ハルト人はわざと声を轟かせた。獅子頭を驚かせ、威圧しようとしたのだ。

「わたしはこの星で生まれた」グラドが誇らしげにいう。「ここが故郷だ。だれに遠慮することなく、どこでも自由に動きまわれる」

イホ・トロトはグラドに近づき、目の前で立ちどまると、赤く光る目で見おろした。獅子頭の身長は、せいぜい二メートルか。ちょうど下の腕一対に届くくらいだ。

「答えたほうがいい。そうしないと面倒なことになるぞ。きみはだれだ?」

「クラナルだ」グラドは平然と答えた。そのまま二歩さがり、科学装置のひとつの上に腰をおろす。「きみが前にここを訪れ、ドモ・ソクラトと話していたと聞いた。つまり、きみはあの男を捜しているのではないか。そうでなければ、ここにはいないはず」

「そうかもしれない」ハルト人は、曖昧に答えた。

「ドモ・ソクラトがどこにいるか、わたしは知っている。だから、ここにきた。きみがもどってくるのを待っていたのだ」

イホ・トロトが大笑いし、グラドは両手で耳をおおった。

「大声を出さないでもらいたい」ハルト人がふたたび黙ると、クラナルがそういった。

「なるほど。きみは心配でたまらないのか。わたしがドモ・ソクラトを見つけられないかもしれないと、ひたすら心配してくれたわけだ」イホ・トロトはふたたび笑った。

「感動したよ。そんな嘘に引っかかると本気で思ったのか?」


クラナルは平然としている。感情をいっさい見せない。

「ソクラテスは友なのだ」グラドが説明した。「何年も前からの。友の気力低下にとても驚いている。出会ったころはあれほど活発だったのに、しだいに無気力になり、なにもしなくなった。ついには洞窟の前にすわりこんだまま、無為に過ごすようになってしまった」

「そのとおりだ」ハルト人は認めた。「ここでなにがあった?」

「ポスビがきて、友を連れていったらしい。いまは、近くの高山の谷間に着陸したフラグメント船のなかにいる。ポスビがそこでなにをしているのかは知らないが、友の助けになるとは思えない」

「ポスビだと?」イホ・トロトは耳を疑った。「ポスビにソクラテスをさらう理由があるというのか?」

グラドが、はじめて感情を見せた。立ちあがり、両手のこぶしを握りしめると、空に向かって脅すように振りあげ、

「ポスビは、われわれグラドには理解できないことをしてきた」と、いった。「予想外の支配欲を見せ、テルツロックの支配者となったのだ。われわれを追いまわし、見つけては追放した。グラドはポスビにとり、格好の獲物だ。だからこそ、ごく慎重に行動しなければならない。ここで見つかれば、わたしは罰せられるだろう」

「なぜ、ポスビがそのようなまねを?」ハルト人が訊いた。「わたしに対してはなにもいわなかったし、支配欲もまったく感じなかった」

「ポスビは賢いから、本性を見せないのだ。入念にことを進め、決して急がない。時間はたっぷりあるからな。計画が露見するようなまねはしない。テルツロック人が無気力になったのは、ポスビのせいだ」

「そうではないかと思っていた」イホ・トロトは認めた。「この惑星の状況は、がらりと変わってしまったようだな。遭遇したテルツロック人は全員、予想とちがっていた」

「きみ自身もポスビの犠牲になりかけたではないか」クラナルが断定する。「近くで見ていたが、きみもソクラト同様、どんどん無気力になっていった。ところが、搭載艇が

あらわれ、きみを連れさった。軌道上で暴力クリスタルの影響から回復したようだが、ずいぶんと時間がかかったな」

「そのとおりだ」ハルト人が肯定する。「ドモ・ソクラトがそのフラグメント船に連れさられてから、どれくらいたつ？」

「もう十日以上だ。きみがいなくなった直後に拉致されたにちがいない」

クラナルはポケットに手をつっこみ、ちいさなカードをとりだすと、それをハルト人に向かってさしだした。

「このカードを使えば、フラグメント船のどのエアロックも開けられる。警報も鳴らない」

イホ・トロトはためらいながら、カードを受けとり、

「なぜ、自分で行かない？」と、訊いた。

クラナルはライオンのたてがみを揺らしながら、激しくかぶりを振った。

「わたしにチャンスはないからだ。ソクラテスを見つける前に、ポスビにつかまるだろう。たとえ、友のもとまでたどりついたとしても、それからどうしろというのだ？ソクラテスは無気力状態におちいっている。わたしといっしょにポスビ船を出る気力はないだろうし、仮にその気になったとしても、強行突破できるわけもない。ポスビに行く手をはばまれ、たちまち失敗するのが落ちさ」

イホ・トロトは黙って耳を傾けていた。グラドの考えに同意せざるをえない。

「きみならば、もっとチャンスがある」クラナルがつづけた。「必要とあらば、ドモ・ソクラトを肩に担ぎ、強行突破できる。ポスビもきみをとめられない。だからお願いだ。友を助けてくれ!」

ハルト人は、獅子頭の説得にあらがえなかった。たしかに、ポスビに阻止されることなく、ドモ・ソクラトをフラグメント船から救出できるのは、自分だけだろう。

「船がどこにいるのか、教えてくれ」クラナルに訊いてみる。

グラドはなにも答えずに、洞窟を出た。出入口から数歩のところに、クラナルが乗ってきた反重力グライダーがとまっている。グラドはそれに乗りこみ、スタートした。イホ・トロトもグラヴォ・パックであとを追う。

さらに千メートルほど上昇して山脈を越え、広大な氷原を渡った。すると、フラグメント船が視界に入る。それは実際、高山の谷間に着陸していた。巨大な船体が雪と氷におおわれている。

クラナルは横窓から腕を伸ばして合図し、氷河の裂け目に着陸した。

「きみさえよければ、ここで待たせてもらうよ」グラドが機体から降り、告げた。「これ以上、わたしにできることはたいしてなさそうだし」

「あとは、引きうけた」ハルト人がきっぱりと告げた。「わたしがソクラテスを連れだす。きみはここで待機し、ポスビが追ってきたら陽動してもらいたい」

「任せてくれ」グラドが快諾した。麻痺した右半分の顔には表情がない。視線は、イホ・トロトをそれていた。

ハルト人は踵を返すと、ふたたびグラヴォ・パックのスイッチを入れ、最大価で加速した。フラグメント船に気づかれずに近づけるとは思えない。とはいえ、ポスビがすぐに攻撃せず、まずは接触を試みてくれるといいのだが。実際、フラグメント船のエアロックからわずか五十メートルまで近づいたとき、ようやくポスビがあらわれた。まるで虚無から出現したかのようだ。あらゆる方向から、ハルト人めがけて近づいてくる。数えてみると、二十体以上いた。もっとも、ポスビの動きはあまりに遅い。イホ・トロトはエアロックに到達すると、ハッチのスリット状開閉装置にプラスティック・カードをさしこんだ。カードは挿入口に半分ほど吸いこまれたところでとまる。さらに押しこもうとする前に、ハルト人はポスビによってハッチから引きはなされた。抵抗したものの、百メートルほど押しもどされてしまう。

ポスビは発砲してこないが、驚くことではない。自分たちの武器では、ハルト人の防御バリアを貫通できないと知っているから。ポスビは圧倒的な数でイホ・トロトをハッチから遠ざけ、大型エネルギー砲のプロジェクター前に押しやろうとする。

イホ・トロトは全力で抵抗した。薙ぎはらわれたポスビたちは、大きな弧を描きながら遠くまで飛ばされていく。その打撃の威力は絶大で、生体ポジトロン・ロボットはただ遠くほうりだされるだけでなく、完全に破壊された。それでも、ポスビの数は増えるいっぽうだ。ハルト人が一体を追いはらえば、すぐに二、三体が襲いかかってくる。

それでも、イホ・トロトは諦めなかった。四本腕と二本脚が宙を舞う。ポスビたちにはどうしようもないほど危険な武器だ。だが、勝敗を決したのはポスビではなく、予想外の出来ごとだった。

それは、イホ・トロトがポスビ一体を、とりわけ強く打ちのめした瞬間だった。ポスビは吹きとばされ、まるで弾丸のようにプラスティック・カードに向かっていく。カードはハッチのスリット状開閉装置に半分だけ吸いこまれていたが、ポスビがぶつかった衝撃で完全に押しこまれた。その瞬間、閃光がはしり、炎の壁が立ちのぼる。凄まじい轟音とともにエアロックが爆発し、白熱した破片が宙を舞った。その多くがポスビに命中し、ロボットを破壊する。トロトはエネルギー・バリアで充分に守られていたが、ポスビは完全に粉砕された。一体も破壊の波を生きのびることはできない。

イホ・トロトは、はっきりとわかった。もし自分がカードをスリットに完全に押しこんでいたなら、爆発の犠牲になっていたにちがいない。これほどの至近距離では、防御バリアがあっても助かる見こみはほとんどなかっただろう。

すべてを理解した。

クラナルが、巧妙な罠をしかけたのだ。

ハルト人はすぐに加速し、数分前までグライダーが待機していた氷河の裂け目に向かった。だが、そこにもう機体はない。グラドも姿を消していた。

「まんまとやられるところだったな」イホ・トロトが声をたてずに笑みだけ浮かべ、自分の軽率さを嘲笑った。「最初はわたしを愚弄し、次は殺そうとしたわけだ」

そのまま氷河の裂け目にとどまることなく、すぐに飛びたった。斜面を急降下したい衝動をおさえ、可能なかぎり掩体を利用する。それこそ、ポスビたちの思うつぼだから。

山脈を越えると、ポスビ数百体が急斜面に向かって飛んでいくようすが見えた。

追跡者を振りきるまで山中にとどまり、やがて深い峡谷に滑りこむ。そこに搭載艇をかくしてあった。小型艇を見つけて乗りこむと、ハッチを閉める。

「獅子頭と話をしたほうがいいのでは」《ハルタ》に連絡すると、タラヴァトスが提案した。「われわれの知るかぎり、グラドはこの数百年、平和に過ごしてきました。今回、グラドのひとりにあなたが襲われたのには理由があるはず」

イホ・トロトは笑った。

「なんという洞察力だ！」

「いささか複雑な事情をあなたのために解きあかすのに、わたしはつねに努力を重ねているのです」船載コンピュータが主張した。

ハルト人は、ふたたび笑った。

「いいだろう。グラドはどこにいる？」

「赤道地帯に集落をいくつか見つけました」タラヴァトスが報告した。「トクサの森のなかです」

「そこに行ってみよう」イホ・トロトは決意した。「こんどは搭載艇でだ」

その決定を実行に移すまえに、ドモ・ソクラトの洞窟にもどり、友が着ていた簡素な服を入手する。搭載艇にもどると、ポスビやグラドにすぐにハルト人だと気づかれないようにそれを着用した。この服装ならば、テルツロック人と見わけがつかないだろう。

周囲にポスビがいないことを確認してから、出発した。ポスビは、わたしを捕捉あるいは排除しようとしたのではなく、守ろうとしていたにちがいない。任務に忠実なポスビは、わたしを気づかってくれたのだ。フラグメント船への侵入をはばもうとしたと誤解していたが、実際にはハッチに近づけないようにしていただけ。ポスビは、イホ・トロトを待ちうける危険に気づいていたのだろう。そして爆発事件後は、わたしの役にたとうとしてあとを追ってきたのだ。それでも、ポスビと関わるつもりはない。世話好きなポスビはわたしの行動を妨げ、自由を奪う。それだけは、絶対に避けたかった。

「ポスビたちは、なにかいってきたか？」シントロニクスに訊いてみる。

「かなり動揺しているようです」タラヴァトスが報告した。「あなたがポスビの援助を拒んでいることが理解できないらしい。もっとも、仲間数体を破壊したことについてあなたを責めるつもりはないようです」

イホ・トロトはシートにもたれかかり、クラナルの話のどこまでが真実で、どこが嘘なのかを考えた。おそらく、グラドは巧妙に真実と嘘を織りまぜていたにちがいない。

6

ハルト人は、赤道の北に位置する湿地帯からわずかに突きでた、木々におおわれた丘の頂上に着陸した。丘は、トクサの木々の梢をほんの数メートルうわまわる程度の高さだ。ここなら、緑豊かな茨の藪が小型宇宙船をうまくかくしてくれるだろう。

グラヴォ・パックを使い、丘の斜面を浮遊しながらトクサの木々の狭間（はざま）を滑るように降下する。梢から梢へと巧みに移動する猿のような猛獣の叫び声や昆虫の鳴き声、鳥のさえずりに大気は満ちていた。ぬかるんだ地面を巨大生物がのそのそ歩く気配がするが、その姿をはっきりと捉えることはできない。

突然、森に音楽が響きわたった。イホ・トロトは石の橋に気づいた。石橋は数本の木をつなぎ、森の奥へと消えていく。その上を渡るグラド二十名が、ポジトロニクス楽器を奏でていた。木々や藪の葉を震わせるような大音響だ。

イホ・トロトは湿地の森を進んだ。ほとんどの木の幹がくりぬかれている。グラドの住居として使われているようだ。木の直径は二十メートル近くもあり、充分に広そうだ。

上にいくにつれて急速に細くなる。

やがて、グラドがハルト人に気づいた。角笛が鳴りひびき、獅子頭の老若男女が大勢、家々から出てきた。興味深げにこちらを見つめている。

イホ・トロトは、完全に無関心を装った。視線をまっすぐ前に向け、周囲がまったく目に入らないふりをする。

グラド数名が近づいてきた。大型パラライザーを装着した反重力ベルトを身につけている。なかには武器を手にする者もいた。

「どうやってここまできた？」獅子頭のひとりが訊いた。その漆黒のたてがみは、背中まで達する。

イホ・トロトは答えなかった。ほかのグラドに武器の銃床でつつかれるまで、黙っていた。ゆっくりと向きなおるが、視線はまだそらしたままで、

「やあ！」と声をあげた。

「完全に心ここにあらずだな」別のグラドが叫んだ。両目が非常に近く、鋭い視線をしている。「まったく無関心のようだ。みずからきてくれたのだから、このまま捕まえよう」

「もちろんだ」黒いたてがみの男が応じた。「追いかける必要がないのはありがたい」

案の定、テルツロック人と思われたようだ。男四名が浮遊しながら近づき、腕をつか

んで連れさった。イホ・トロトは抵抗しない。運ばれるあいだ、ほかのグラドたちをこっそりと観察する。もう、興味を失ったらしい。

ここにテルツロック人があらわれることは、たいして珍しくもないのかもしれない。ハルト人はそう考えた。みずから進んでくるか、あるいはそうでなくとも。

湿地から数メートルはなれた岩棚に連れていかれた。そこではテルツロック人四名がならんですわり、それぞれ腕一本を細い金属ザイルでつながれていた。全員が無気力そうに虚空を見つめている。なんなく手錠を引きさくことができそうだが、だれひとりとして思いつかないようだ。

イホ・トロトもまた、抵抗しない。金属ザイルで腕一本を縛られ、ほかの四名といっしょにつながれた。武器を調べられ、さまざまな装備を奪われても抵抗しない。さいわい、からだの隙間にかくした通信機とホワルフレクター・ネットは見つからずにすんだ。

「すわれ」黒いたてがみの男が命じた。

イホ・トロトはしたがった。みずから行動を起こすことはできないふりをつづける。

グラドたちは笑っていた。もう、あらたな捕虜のことなど忘れてしまったらしい。間近に迫る祭りの話を楽しそうにしている。遠ざかっていくなか、〝クラナル〟という名が聞こえてきた。そのグラドが祭りに姿を見せることを大いなる栄誉だと思っているようだ。その言葉から、クラナルが種族の最高指導者のひとりであることはまちがいない。

ハルト人は平然と待った。テルツロック人のだれかが自分を気にとめるのではないか。ところが、四人とも黙ったままだ。新入りの存在にすら、気づかないようだ。

イホ・トロトは、あえて話しかけなかった。監視されているにちがいない。少なくとも、木々のあいだにかくされたロボットカメラ一台が自分と捕虜四名を監視しているはず。ここで目だつ動きをするのはまちがいだ。それでは、謎の解明に一歩も近づけない。そうわかっていた。

二日間、無言のまま、ほかの者たちとともに地面にすわっていた。やがて、テルツロック人二名があらたに連れてこられ、いっしょに縛られた。さらに一日経過したが、なにも起こらず、だれもなにもいわなかった。その翌日の夕暮れ直前、黒っぽい革のコンビネーションを着用したグラドがあらわれた。五十名以上はいるだろう。かれらは反重力装置を使い、捕虜を持ちあげると、森をぬけて運んでいく。イホ・トロトは依然として無抵抗だった。家々から消えたテルツロック人が、グラドに連れさられたのはまちがいない。その理由と行き先を知りたかった。

グラドは捕虜をさらに二百メートルほど運び、川まで連れていった。そこには、大きな筏（いかだ）が水に浮かぶ。まるで、粗く削られた丸太小屋のようだ。壁はなく、屋根は四隅の太い柱で支えられている。

もっとも、イホ・トロトの注意を引いたのは筏ではなく、水面からそびえたつ大きな石像だった。グラドの上半身だ。かつてはもっと大きな像だったものが、やわらかい水底に徐々に沈んだのか。そう思ったが、よくよく見れば、それは川の中央に立つ岩から削りだされたものだとわかる。

その像は、クラナルがグラドのリーダーだという推測を肯定するものだった。像のモデルはクラナルだ。右半分が麻痺したその顔は、ほかのだれとも見まちがえることはない。とりわけ印象的なのは、白い石で作られ、あとからはめこまれた目だ。まさに魔法のような視線を像に与えていた。

グラドは石像に敬意をしめし、数分ほど岸辺でこうべを垂れて黙禱した。

それから、捕虜を筏に押しこんだ。

この屋根は、雨を避けるためではなく、軌道上のフラグメント船からかくすためにほどこされたものにちがいない。

とはいえ、それでもまだ腑に落ちない。獅子頭が捕虜をポスビの目からかくそうとするのは、決して驚くべきことではなかった。ポスビのフラグメント船は監視装置も探知機も備えている。トカゲの背中の鱗すらとらえ、映像化することが可能なのだ。

グラド十名が筏に跳びのると、漕ぎだし、筏は岸をはなれた。ゆるやかな速度で、川に張りだした葉の天蓋の下を一時間以上進む。川がべつの川に合流する地点に達すると、筏はさらに速度をあげ、東に向かった。三時間後、広々とした大河に出る。グラドたちは反重力装置を使って筏をはなれると、森に向かって飛びさった。どうやら、これで任務完了のようだ。

上空から見れば、まるで絡みあった木々が森から流れだしたかのように見えるだろう。イホ・トロトは思った。ポスビは気にしないはず。

ハルト人は依然として、なされるがままでいた。それは、夜のうちに筏がひらけた海に出たときも変わらない。たちまち、海岸が後方に遠ざかっていく。

テルツロック人たちもなにもいわない。みずからがおかれた状況をまだ理解すらできないようだ。

イホ・トロトはふたたび考えた。グラドはなにをたくらんでいるのか。なぜ捕虜を筏に乗せて海に流したのか。ここでも潮の流れは非常に速い。夜が明けるころには、筏は海岸から百キロメートル以上はなれるだろう。

そして？

筏は分解するのか？　グラドは、テルツロック人を溺れさせるつもりなのか？

イホ・トロトは平然と待った。おちつきはらい、筏を調べる。監視カメラがないと確信すると、金属の鎖を引きちぎり、立ちあがってほかの捕虜たちの拘束を解いた。だれもがこれを受けいれ、特に反応することもない。状況は、なにも変わらなかった。

ハルト人は、筏の屋根から大きな枝をいくつかとりはらい、空を見わたせるようにした。自分の現在地を確認する。そのための技術装置は必要ない。みずからの計画脳は単純なポジトロニクスよりもすぐれている。数秒で、この作業を終えた。

およそ半時間後、ふたたび現在地を確認し、その移動速度に驚いた。河口をはなれてもなお、強い海流が筏を東の第三大陸へと運んでいた。このままの速度で進めば、二週間ほどで到達するだろう。とはいえ、流れは弱まると考えられる。それに、グラドが本当に捕虜を第三大陸に送るつもりなのかも疑問だ。

では、どこに運ばれるのか？　そして、なぜそこに？

おちついて、ようすを見ることにした。

翌日、嵐が訪れ、巨大な波が生じた。それでも筏は充分に頑丈で、持ちこたえた。イホ・トロトは、自力ではほとんどなにもできないテルツロック人たちのからだをしっかりと縛りつけ、安全を確保した。

その後の数日間はなにごともなく過ぎさり、ほとんど変化がなかった。イホ・トロトは、近づいてくる大きな魚を捕まえては、すばやく筏に引きあげ、仲間に分けあたえた。

やがて、一週間が経過。ハルト人は何度も現在地を確認しつづけた。筏はさらに南東に進み、第二大陸や赤道からもはなれていく。

強制的出航から八日め、陸地を発見する。海をおおう霧のなかから、いくつかの島が徐々に姿をあらわしたのだ。イホ・トロトは、筏が島を素通りしないよう、屋根の梁(はり)を引きぬき、オールとして使おうとしたが、それは不要だった。筏はおだやかな水域に入り、島々のあいだをぬけ、とうとう浅瀬の崖に引っかかった。そこからは、なんなく陸地にたどりつく。

ハルト人は、テルツロック人をひとりずつ浜辺に導いた。だれひとりとして、自分の面倒をみることができず、子供のように無力だった。イホ・トロトは考えた。自分がいなければ、どうなっていたことか。

安全な場所に誘導したのち、全員をそこにのこし、島の奥へと向かった。山に登り、上から島を見わたしたい。ところが、予定が狂った。小高い丘を越えたところで、ハルト人に遭遇したのだ。男は瞑想中であるかのごとく、そこで腰をおろしていた。

「ソクラテス！」イホ・トロトは驚いて叫んだ。「これをわたしは予想できたはずだが」

友の視線はこちらを通りこし、虚空を見つめるばかりだ。顔色が悪い。肌はくすんだグレイになり、赤い瞳はかつての輝きを失っていた。暗く沈んだ目は、点のようにちいさい。明らかに痩せたようだ。

イホ・トロトは友の肩をつかみ、揺さぶった。

「どうした？」轟くような声で問いかけてみる。

ドモ・ソクラトは応えない。

イホ・トロトは木々に近づくと、大きな果実を摘みとった。それを持ってソクラテスのもとにもどり、友の口に詰めこむ。アトランのもとオービターはなされるがまま、果実を飲みこんだ。

「これが砂や石でも同じように飲みこんだだろうな」イホ・トロトがつぶやいた。

友をひとりそこにのこしたまま、島を見てまわることにした。山に登るという当初の計画は諦める。

次から次へとテルツロック人が見つかった。その数は三百に達する。だれもがみな無気力で、藪にしゃがみこみ、虚空を見つめていた。すっかり自分の殻に閉じこもっているようだ。

日が暮れる直前、ドモ・ソクラトのもとにもどった。

「三百かそこら、いるかもしれないな」友の横に腰をおろしながら、ため息をつく。「まだ探していない山のなかにかくれているかもしれない。ほかの島にもいるだろう」

さらに二時間、待つ。そして、かくしておいた通信装置をとりだすと、搭載艇を呼びよせた。待つことおよそ一時間、機体が到着。グラドに探知されていないといいのだが。もっとも、ポスビには見つかったにちがいない。獅子頭とはちがって、ポスビは軌道から惑星を監視できるから。

搭載艇には、トロトがあらかじめ用意しておいた、もうひとつのホワルフレクター・

ネットが積まれていた。このネットを使って、ドモ・ソクラトを無気力状態から引きもどすのだ。ネットを友の頭にかぶせると、トロトは搭載艇にもどり、数時間の休息をとった。忍耐が必要だ。ソクラトが回復するまで時間がかかる。徐々にまた、活動的になるだろう。

*

イホ・トロトは次の数日間、何度も海に向かって飛びたった。くる日もくる日も、無気力なテルツロック人が乗る筏を見つけては、島へと導いた。その後、ほかの島々を調査し、遭難者を探した。最終的に、さらに五百名のテルツロック人を見つける。だれひとりとして、自力で動ける状態ではなかった。

四日後、ドモ・ソクラトの目に突然、生気が宿った。はじめて、周囲を認識したようだ。

五日めには、友は立ちあがり、浜辺に向かって数歩歩いたが、ふたたびしゃがみこむと、居眠りしはじめた。さらに二日が経過すると、友はふたたび立ちあがった。こんどは水のなかに入り、からだを洗った。ただし、コンビネーションを脱ぐのを忘れたようだ。

ドモ・ソクラトは十日間、ホワルフレクター・ネットによって暴力クリスタルの放射インパルスから守られた。友は長いこと、考えこむようにイホ・トロトを見つめていたが、やがて「やあ」と、声をかけた。

「なにがあった?」ドモ・ソクラトがとうとう訊いた。「次々と仲間がここに運ばれてくるのを見たぞ。つまり、わたしも同じように連れてこられたということか」

「そのとおりだ」イホ・トロトが応じ、これまでのいきさつを語った。

ドモ・ソクラトは、長いあいだ海を見つめていたが、やがて口を開いた。

「つまり、グラドはいたって計画的にわれわれを第二大陸から連れだしているわけだな」

「まちがいない」イホ・トロトがきっぱりと応じた。

「だが、なぜそのようなまねをするのか。それに、暴力クリスタルをどうやって操作したのかもわからない。なぜ、ポスビがそれを許しているのかも」

「もしかすると、かれらは手を組み、われわれに対抗しているのかもしれない」

「それは考えにくいな。ポスビたちはあらゆる場所でテルツロック人の面倒をみようとしているが、かれらが庵室をはなれるか、そこから連れさられたとたん、かれらのことを忘れてしまうようだ」

「なにか手を打つべきだ」ソクラテスの目に、かつての情熱がもどった。「ほうっておくわけにはいかない。このままでは早晩、大陸全体から追いだされてしまうだろうよ。

似たようなことがビッグ・プラネットのほかの場所でも起きているかもしれない。暴力クリスタルをプログラミングしなおさなければ、テルツロック人が全滅するぞ」

「行動を起こしたいが、ひとりではやりたくないと思っていた」イホ・トロトが告げた。「きみの助けが必要だ」

「なにをするつもりだ？」

「グラドのもとにもどって、問いつめるのさ。まずは、かれらがテルツロックでなにをたくらんでいるのかを暴く。それから、形勢を逆転させよう」

「あと一日か二日ほど待ってくれ」ドモ・ソクラトは頼んだ。「わたしはまだ、完全には回復していないようだ」

「いいとも」イホ・トロトが応じた。「待とう。きみの回復が最優先だ」

ふたりは黙ったまま海を見つめ、しばらく考えこんだ。ほぼ二時間が経過したとき、ドモ・ソクラトがふたたび口を開いた。

「きみは石像の話をしていたな。本当にそれが石像だと確信しているのか？」

「川のなかのクラナルの像のことか？」イホ・トロトはいつものように豪快に笑った。「もちろんだ。なぜ、そのようなことを訊く？」

「アンドロメダをさまようあいだに、奇妙な体験をしたからだ。当時、わたしは〝四本腕の預言者〟を探していた。きみがその本人だとは知らなかったが。その過程で多くの惑星を訪れ、奇妙な冒険をした。きみがいっていた川の石像が、そのひとつを思いださせたのだ」

「話してくれ」イホ・トロトがうながした。

ソクラテスは尖った歯を見せて、静かに笑った。

「コンファリク星系の惑星モンマルクを訪れたときのことだ。〝四本腕の預言者〟の手がかりが見つかったと思い、そこに住む知性体と接触した。かれらは爬虫類の範疇(はんちゅう)に入る。われわれと同じく四本腕を持つが、ずっとちいさい……平均すると、こぶしくらいの大きさしかない。それで、かれらをあなどってしまった」

「なにが起きたのだ?」

「モンマルカーは、われわれのメタボリズムにパラ心理的影響を与える。かれらと話をしようとしたとき、意図せずに変身してしまったのだ。気がつくと、石のような物質の塊りと化し、その場に立ちつくしていた……石から彫りだされた、力強く巨大な像のごとく。かれらをはるか頭上から見おろしながら、血と肉からなる肉体をとりもどすため、分子構造を変化させようとしたが、うまくいかなかった」

「で?」イホ・トロトが興味津々(きょうみしんしん)で訊いた。

ドモ・ソクラトは身を乗りだし、大声で笑った。

「信じられないだろうが、わたしはかれらの居住地、数千のアーチ状の建物からなる街の入口で、七十年以上も立っていたのだ。アーチ状の建物には、それぞれ数百名が住んでいた。社会的弱者は下層階に、上流階級は上層階に。わたしは、周囲の出来ごとを見ることができた」

「それは大変だったろうに。神として崇拝されたんじゃないか？」

「そのとおりだ」ソクラテスが認めた。「ところが、モンマルカーは神に対して奇妙な態度をとったのだ。おかげで毎日、かれらの無力さをしめすはめになった」

イホ・トロトは驚いて相手を見つめた。なにがいいたいのか、わからない。

「無力さをしめす？　どうすれば、そんなことができる？　きみは動けなかったのだろう？」

「わたしは、かれらにとって理解不能な物質の塊りだった。かれらはその物質がどのようなものかをつきとめようと、あらゆる科学的手段を試みたもの。持てる技術のすべてを駆使して挑んできた。自分たちよりもわたしが強いことを証明したいがために、あらゆる手段を講じたのだ。さまざまな工具を使って、わたしから一片の物質を切りとろうとした。わたしを叩き、穴を開けようとし、火を焚き、酸を使い、さらにはより巧妙な手段にも手を伸ばした」

「それでも、成功しなかったわけだ」

「もちろんさ。細胞ひとつすら奪うことはできなかった」

「かれらはどう反応した？　失望したのか？」

「いや、まったく逆さ」ソクラテスは笑った。「失敗するたびに、うれしそうに去っていったよ。わたしの抵抗力によって、わたしが神だという、かれらの信念が正しかったことが証明されたからね」

イホ・トロトも笑ったが、七十年間も動けずに、どこかで立ちつくすことを考えると背筋が寒くなった。

「なるほど」ハルト人は応じた。「きみは、川のなかのグラドが生物ではなく、本物の石像だというつもりなのだな。それなら安心していい。疑う余地はない」

「モンマルカーもそう信じていたさ！」

「あの像を調べよう」イホ・トロトが約束した。「すべての技術を駆使し、調べてから動く。グラドにも事情を聞くつもりだ。川の石像の出所を知っているにちがいない」

「ならば安心だ」

「でも、まだ腑に落ちないことがある」イホ・トロトが告げた。「なぜ、きみは七十年後にようやく解放されたのか。まだ聞いてないぞ」

「いたってかんたんなこと」ドモ・ソクラトが答えた。「テラの有名な諺のごとく、とんまはあまりにも調子に乗りすぎたのさ」

「慢心したわけだ？」

「まさにそのとおりだ。わたしはなにもしなかったが、存在自体がかれらに影響を与えたらしい。都市は未曾有(みぞう)の経済発展を遂げた。神の庇護下にいれば、なにも悪いことは起こらないと信じたのさ。信仰が力を引きだし、モンマルカーを活性化させた。都市は繁栄し、惑星じゅうから訪問者が集まり、その経済的文化的発展に参与したのだ」

「そして、神を崇めるために集まった」イホ・トロトが口をはさむ。

「それもある」ソクラテスは渋々認めた。「気に入らなくても、それはとめられなかった。モンマルカーが増え、街の人口が増えるほど、自由になる機会は減っていった」

「だが、そのときなにかが起きたわけだ」

「そのとおりさ。街のモンマルカーたちは、暮らしがよくなればなるほど不満を募らせた。さらに多くを求め、ついには周辺の街を攻撃し、支配しはじめたのだ。わたしはそれを間接的にしか見物できなかったが。最初は街の男たちが出陣し、戦利品を持って帰ってきた。しだいに女子供まで戦いに参加するようになった」

「無敵だったようだな」

「わたしがその原因だった。なにもしなくとも、わが存在がかれらの自信をさいげんなく高め、敵の自信を打ちくだいたのだ。ついには、住民は戦いに全力を注(そそ)ぎこむという過ちを犯した。全員が出ていき、街にはだれものこらなかったのだ」

イホ・トロトは大声で笑った。

「それで、かれらは自滅したわけだ。神様が突然、ふたたび動けるようになったから」

「まさにそのとおりだ。分子構造はもとにもどせたものの、その場から逃げだせるほど回復するには丸二日かかった。そのあいだずっと、住民がもどってきてふたたび麻痺させられるのではないかと不安でたまらなかったよ。二日後、それまで見つからずにすんだ宇宙船までやっとのことで這うようにもどり、スタートしたのだ」

「その経験が、いまも心に刺さっているわけだ」イホ・トロトがおもしろそうにいった。

「きみは、グラドもまた、偶然にも指導者クラナルにそっくりの知性体を捕らえたのではないかと考えているのだな。大きさだけは、クラナルをはるかにしのぐとしても」

「その像をやすやすと壊させはしない」

「どうかな」イホ・トロトが、異議を唱えた。「ひょっとしたら、われわれには阻止できないかもしれないぞ」

7

突然、イホ・トロトとドモ・ソクラトが藪のなかから姿をあらわした。すかさず、テルツロック人運搬用の筏を作るために木を伐採していた獅子頭二名に襲いかかる。木こりたちは、叫び声をあげながらあとずさった。本能的に逃げようと試みるものの、巨人ふたりが相手では逃れようがない。二歩も進まないうちに、ハルト人たちの鋼のような手に腕をつかまれる。

　グラドふたりは沈黙した。恐怖に目を見ひらき、褐色の肌をした巨人たちを見つめている。まさか、暴力クリスタルの影響を受けない活発なテルツロック人に遭遇するとは、思ってもみなかったようだ。

「自分たちに最期の時が訪れたと思っているようだな」イホ・トロトが笑いながらいった。捕らえたグラドを地上三メートルの木の枝にすわらせると、視線が同じ高さになるようにした。ドモ・ソクラトも同じようにし、

「そこから跳びおりようとするなよ」と警告する。「二メートルも進まないうちに踏み

つぶしてやるからな」

「なにが望みだ？」グラドふたりのうちのひとりが、つっかえながら訊いた。

「名前を教えてくれ」ドモ・ソクラトが告げた。

「アシュラだ」イホ・トロトに捕らえられたグラドが答えた。もうひとりは、口を開けたものの、声が出ない。アシュラより小柄だ。あまり勇敢そうではない。

「よし、アシュラ」ドモ・ソクラトがいった。「いくつか質問に答えれば、自由にしてやるぞ」

「すべて話すとも」グラドは約束した。

「それが賢明だな」イホ・トロトが応じた。「なぜ、暴力クリスタルを操作したのか？どうやってだ？」

「われわれ、そのようなことはしていない」アシュラは驚いて叫んだ。

「では、だれが？」

「それはわからない。クラナルがいうには、ブリンドールが増えすぎたのが原因らしい。ブリンドールが暴力クリスタルをおちつかせ、その影響でテルツロック人もおだやかになった。だが、ブリンドールには自然の敵が少ないため、ここ数百年で数があまりにも増えすぎた。南の海にはかれらがあふれているし、北の海でも例年よりずっと多いと聞いている。それが、暴力クリスタルとテルツロック人に影響をおよぼしているようだ」

イホ・トロトとドモ・ソクラトは驚き、顔を見あわせた。もしそれが本当ならば、テルツロックの生態系の均衡が大きく乱れているにちがいない。とはいえ、ブリンドールの数を減らすことは不可能だ。何十万もの愛らしい生物を殺すことには抵抗がある。そもそも、その手段もなかった。

原因がほかにあることを願うしかない。イホ・トロトはそう思い、

「その情報はどこから？」と、恐る恐る訊いた。

「クラナルだ」アシュラが即答した。

「どうやら、クラナルはほかのだれよりも詳しいようだな」ドモ・ソクラトがいった。

「かれに会わなければ。どこにいる？」

「わからない。木の宮殿にいるかもしれない」

「それはどこだ？」

「案内しよう」アシュラがしばらく考えこみ、ようやく申しでた。「だが、裏切らないでもらいたい」

「もうひとつ質問がある」ドモ・ソクラトがいった。「川のなかのクラナルの石像についてだ。あれは、どこからきたものなのか？」

グラドふたりは、不思議そうにハルト人を見つめた。

「なぜ、そのようなことを訊く？　きみにとってそれほど重要なことなのか？」

「きみたちには重要なことのようだな」イホ・トロトが応じた。「で？」

「もともと、川のなかに大きな岩があった。それは流れを裂く、ただの崖だった。クラナルに命じられ、われわれはその岩を削り、かれの石像を作った。そばを通るたびに敬礼し、心のなかでその像と対話するよう課せられたのだ」

そう告げると、アシュラはハルト人たちを不安そうに見つめた。

「だれにもいわないでくれ。本当は、きみたちに話すべきじゃなかった」

ソクラテスは大きく息を吐き、

「ただの岩のようだな」と、イホ・トロトに向かっていった。大音量の笑い声がとまらない。

「クラナルに会える場所にわれわれを案内する必要はまだない」イホ・トロトが笑いながら告げた。「われわれには、まず片づけることがあるからな。自分を神と思いこんでいる者を、その座から引きずりおろさなければ」

ハルト人はひそかに合図を交わしたかのように走行アームをおろし、駆けだした。二発の弾丸のごとく、ふたりは圧倒的な力で藪をかきわけ、泥沼や水たまりを跳びこえ、岩場を駆けぬける。その轟音が、グラドの木の住居集落に響きわたった。多くの老若男女が叫び声をあげながら石橋に殺到し、巨人ふたりを茫然と見おろす。ハルト人は川に到達すると、クラナルの石像に跳びかかろうとした。

ふたりが跳びあがった瞬間、グラドにはなにが起きたかは見えないものの、おおかたの予想はついた。巨人は肉体の分子構造を変化させ、その硬度と密度においてテルコニット合金さえもしのぐ物質と化したのだ。

その衝撃にクラナルの石像は耐えられず、はじめの一撃で粉々になった。爆発したように破片が飛散する。巨人ふたりがふたたび分子構造をもとにもどすあいだに、像の残骸は水中に沈んだ。

「かれらを待たせるわけにはいかない」イホ・トロトが大声でいった。

ふたりは川を抜け、木の住居集落に向かった。そして、グラドたちが逃げだす前に大きな家のひとつに到着する。

「クラナルはどこだ?」イホ・トロトは男ひとりを捕まえ、武器を奪うと、どなりつけた。

「そこだ」獅子頭が答え、もっとも大きな木をさししめす。リーダーの家まで、わずか二百メートルしかはなれていない。すると、クラナルが家々をつなぐ石橋の上に姿をあらわした。護衛数名がこれにつきそう。護衛は武器を手にしていた。

イホ・トロトは跳びあがると、グラヴォ・パックを使って空中にとどまった。そのまま、クラナルに近づいていく。

「撃つな」ハルト人が叫んだ。「撃てば、きみたちは終わりだ。われわれの武器には太刀刀打ちできやしない」

クラナルとその護衛に警告するあいだに、搭載艇が木々の狭間を突きぬけた。

グラドのリーダーは知っていた。ハルト人と戦えば、多くの犠牲者が出るだろう。クラナルは部下たちに、撃たずに静観するよう命じた。

「賢明な判断だ」ドモ・ソクラトが断言した。「さもなければ、この集落ごと地面に押しつぶされるところだった」

ふたりとも本気で警告したわけではないが、もちろんグラドはそれを知らない。

イホ・トロトはクラナルのそばに着地した。右半分が麻痺したその顔のおかげで、容易に本人だと特定できる。グラドのリーダーはおちついていた。これほど活動的なテルツロック人ふたりを目にしても、動揺を見せない。きわめて冷静だ。

イホ・トロトは確信した。それでも、クラナルは自分の立場をよく理解しているにちがいない。グラドのリーダーとしての時代は終わったのだ。

「ここにきた理由を説明する必要はなさそうだな」イホ・トロトがいった。

「もちろんだ」クラナルが応じ、短く手を振ると、護衛の男たちをさがらせた。「なぜ、われわれがこの大陸からテルツロック人を排除し、海に送りだしているのか知りたいのだな」

「そのとおりだ」ドモ・ソクラトが答えた。「知りたくてたまらない」

「この大陸はわれらのものだ。もうテルツロック人とわかちあい、最良の土地を譲るつもりはない」クラナルが誇らしげに告げた。「この領域はわれわれのものだと主張する。それだけではない。ロボット工場の使用権も求める。必需品を生産させるためにだ。これまでは、生きのびるためにテルツロック人から反重力装置をもらわなければならなかった。それがなければ、この惑星を自由に動きまわれないからだ。だが、それももう終わる。その手の依存は、われらが誇り高き種族にそぐわない。テルツロック人は立ちさるべきだ。かれらは無気力状態におちいり、みずからの面倒をみることすらできなくなっている。それゆえ、排除する。テルツロック人をわれらの大陸から追いはらったのち、宇宙船を用意し、ほかのハルト人たちのあとを追えるよう、シンガン＝ドルに送りだすつもりだ」

イホ・トロトは、電撃を受けたように反応し、

「シンガン＝ドルだと？」と訊いた。「ハルト人がそこに向かったと、だれがいった？」

シンガン＝ドルという惑星は、大マゼラン星雲のシンガン星系に属する。グラドの居住惑星のひとつで、その文明の中心からは遠くはなれていた。功労退役軍人たちが年金で余生を送る、楽園のような世界だ。

「知らない」クラナルが控えめに答えた。「ただの噂にすぎない。これまで耳にした＝

ュースのどこかで聞いた話だ。あまり注意をはらわなかった。わたしには重要な話ではなかったから。テルツロック人にそこに行く機会を与えるべきだと、いまになってようやく思いだしたのだ。望まないなら、ほかの大陸にとどまることもできる」

イホ・トロトは、これ以上質問しなかった。有力情報が得られないとわかったから。現時点では、ハルト人種族がまだ存在するかどうかすら、断定できない。ドモ・ソクラトの話にも矛盾があり、決してあてになるものではなかった。

イホ・トロトは考えた。たしかに、噂にも一片の真実はある。もしクラナルやほかのグラドが大マゼラン星雲においてハルト人の目撃情報を入手したのであれば、同胞種族はまだ存在するにちがいない。だれも、そのような話をでっちあげるはずがないから。

「もちろんだ」グラドのリーダーに向かって告げる。「きみたちが暴力クリスタルを操作して無気力にしたテルツロック人は、もはや自力で生きていくことはできない。好きな場所にとどまればいいさ」

クラナルは、驚いたように相手を見つめ、

「われわれがクリスタルを操作したと、だれがいったのだ?」と訊いた。

「わたしだ」ドモ・ソクラトが興奮気味に答えた。

「それは誤解だ」クラナルが断言した。「それはひとえにブリンドールのせいだ。われわれには、暴力クリスタルを操作することはできない」

リーダーがきっぱりと断言するあまり、ふたりとも相手の話を信じそうになる。

「なぜ、そうだとわかる？」イホ・トロトが訊いた。

「わたしにはわからないが」獅子頭種族のリーダーが答えた。「われわれの科学者がそういっている。かれらによれば、ブリンドールの数が異常なほど増加したらしい。それ以外、テルツロック人の無気力状態には説明がつかないと」

イホ・トロトはクラナルの肩と腰に四本の手をかけ、軽く圧迫した。グラドは口を開け、息苦しそうだ。

「グラドとテルツロック人はこれからも平和に共存する」ハルト人が告げた。「それは何百年もつづいてきたこと。われわれ、両種族の平和的関係を乱す者はだれであれ、追いはらうつもりだ」

「われわれグラドは、みずからの権利を要求しているだけだ」クラナルが、最後の抵抗を試みる。

「きみたちには当然の権利がある」イホ・トロトは冷静に応じた。「何百年にもわたって、グラドはテルツロック人と平和に共存してきた。そして、この惑星で生きぬくために必要なものを手に入れた。それは、これからもつづく。いま、テルツロック人はグラドの助けを必要としている。かれらは海の向こうの島々に追いやられているが、きみたちの支援なしには生きられない。ここに連れもどし、必要なものをすべて与えるのだ」

「なぜポスビが世話をしないのか？」グラドが訊いた。「ポスビはテルツロック人の世話をするのが好きなようだが」

「わたしがそう決めたからだ」イホ・トロトが応じた。「わたしはいますぐ、テルツロック人をここに連れもどす。ドモ・ソクラトはここにのこり、きみたちといっしょに友を迎えいれる準備をするのだ」

そう告げると踵を返し、搭載艇に向かって飛びたった。クラナルはあえて反論しない。ゲームに負けたとわかっていたから。

＊

イホ・トロトはすぐに島々には向かわず、まずは搭載艇で南に飛んだ。確認したかったのだ。グラドが主張したように、ブリンドールは本当に異常なほど増加しているのか。

ブリンドールは惑星ノサールの住民で、テラのアザラシに似ている。すでに原始文明を発展させ、道具を作り、罠や網によって蓄えを持つようになっていた。とりわけ平和的種族として知られている。まさにそれゆえ、暴力クリスタルを鎮めるためにテルツロックに連れてこられたのだ。

イホ・トロトは思った。実際、ブリンドールがこの惑星で海をおおうほど過剰に増殖しているのかもしれない。異星の生物がほかの惑星に連れてこられ、そこに住みついた場合、生態系のバランスが崩れることは珍しくない。自然の均衡は数百万年かけて調整されてきたものであり、現代科学をもってしてもその複雑さを見とおすのは困難だ。充分な調査をせずに介入すれば、かならずや厄介ごとを引きおこすはめになる。

これはブリンドールだけの問題ではない。イホ・トロトは考えた。かれらには独自のメタボリズムがあり、もともとビッグ・プラネットには存在しない微生物を持ちこんだ可能性もある。それらが環境にどのような影響をもたらすかは、未知数だ。結局のところ、テルツロック人がおちいった無気力状態の原因も、そこにあるかもしれない。

ブリンドールの住居の尖った屋根が見えてきた。集落は湾やフィヨルドに位置し、波から守られている。屋根の尖端は水面から突きでていた。そこから、住民に新鮮な空気を提供する。

イホ・トロトは船載コンピュータに呼びかけ、視界に入るすべてのブリンドールの住居を数えるよう命じた。それから、搭載艇を高度三千メートルまで上昇させ、加速する。最初の調査結果は、グラドの主張を裏づけるものではなかった。この沿岸には、ブリンドールが過剰に生息するわけではなさそうだ。

ハルト人は沿岸上空に一時間以上とどまり、ブリンドールが生息する可能性のある地域すべてを探した。

それでも、異状は見つからない。

そこで《ハルタ》の船載コンピュータ、タラヴァトスに話しかけた。

「ブリンドールの数がどれくらいか知りたい」

「問題ありません」タラヴァトスがいつもの気楽な調子で応じた。「遠距離光学装置によって戸数を数えることができます。あれだけの数なら、そうむずかしくはありません。一部を確認できれば、あとは推計して全体数を割りだせるでしょう」

「では、はじめてくれ！」

イホ・トロトは搭載艇のコースを変え、テルツロック人をのこしてきた島々に向かった。急ぐ必要はない。飢えることはまずないから。かれらは特異なメタボリズムのおかげで、食糧がなくてもほぼ無制限に生存可能だ。ただし、そのためには分子構造を変化させ、鋼のように硬く、動かない存在になる必要があるが。

もっとも、ビッグ・プラネットにはこれ以上長くとどまりたくない。心惹かれるのはアンドロメダだ。そこに、行方不明の同胞のシュプールがあるから。

テルツロックをはなれるまでに、群島を無人にしなければ！　そう考えながら、島々を見つめた。テルツロック人がもとの状態にもどるまで、グラドやポスビがかれらの面倒を見るべきだ。

タラヴァトスとの最後の会話から、およそ一時間が経過。特に急いだわけではない。実際、もっと早く島に到着することもできた。急がなかったのは、船載コンピュータからの中間報告を待っていたから。そして、まもなく報告がある。

「いまのところ、なんの異状も見られません」タラヴァトスがつづけた。「ブリンドールの数が劇的に増加したわけではなく、むしろ驚くほど少ないといえます。一時間後、ビッグ・プラネットの三分の二をめぐった時点で、再度報告しますね」

タラヴァトスから約束どおり報告を受けたが、変化はなかった。ブリンドールの数に爆発的増加は見られない。生態系の危機もなさそうだ。

グラドは嘘をついたのか。

やはりグラドが暴力クリスタルの操作に関わっている。そう断言してよいものか？

イホ・トロトは考えた。これまで少数のグラドとしか話していないが、この惑星には多くのグラドが存在する。クラナルの影響力がどれほどおよんでいるのかを確認しなければ。影響下にあるのは、ソクラテスが現在いっしょにいる小グループだけなのか。それともビッグ・プラネットのグラド全員なのか。

8

イホ・トロトがテルツロック人十名を連れてトクサの森にもどったとき、ドモ・ソクラトに出迎えられた。

ひとりのようだ。

イホ・トロトは限界まで荷物を積んだ搭載艇から降りると、驚いて訊いた。

「どうした？　クラナルたちはどこだ？」

「消えた」ドモ・ソクラトがやっとのことで答えた。まだ完全には無気力状態から回復していないようだ。いまだ後遺症に苦しんでいる。

「ただ消えるわけがない。どこに行った？」

「家に引きこもり、姿を見せなくなった」アトランのもとオービターが説明した。「それで家を調べたが、もうそこにはいなかった」

その説明はかなり理解しがたいものだった。イホ・トロトは無理に追求するのをやめ、一本の木に駆けよると、よじ登り、そこから住居のひとつに侵入する。案の定、外観は原始的なものの、内部はすこぶる快適そうだ。最新の高度技術でしつらえられていた。だが、そこに住民の姿はない。

反重力装置を使って、ほかの家々も見てまわった。そこにもグラドはひとりもいない。

ドモ・ソクラトが近づいてきて、

「どこかに転送装置があるはずだ」と、いった。「でなければ、逃げられるはずがない」

「そうかもしれないな」イホ・トロトは、タラヴァトスの調査結果を友に告げた。

「納得だ」ソクラテスが応じた。「グラドはクリスタルを操作することで、テルツロック人をこの大陸から追いだし、自分たちの帝国を築こうとしているのだろう。どうやら、そのもくろみは成功しつつあるらしいな」

イホ・トロトは、ドモ・ソクラトの推測どおりだとはまだ確信できずにいた。

「転送装置はこの下にあるとしか、考えられない。ほかのどこにも、かくせないだろう」

「この下だと？　どういう意味だ？」ドモ・ソクラトはとまどいながら周囲を見まわした。ふたりは、木々を結ぶ石橋の上の玄関前を浮遊している。「われわれの下には沼しかない。そこに転送装置をかくすのは無理だ」

「下にあるのは、転送装置だけじゃない」イホ・トロトが、まるで相手の言葉が耳に入らないかのごとくつづけた。「ほかにもなにかあるはずだ。たとえば、この大陸全体の暴力クリスタルに影響をおよぼす大規模な技術装置が。それは、手さげ鞄におさまるような装置では不可能だ。それにはもっと大きな設備と広い場所が必要なはず。たとえば大ホールのようなものが、この赤道地帯にあるにちがいない。湿度が極端に高くなく、いたるところに存在する虫や微生物が侵入して障害を引きおこすような危険のない場所が」

ドモ・ソクラトは友を途方に暮れたように見つめ、

「理解できない」と、いった。

「かんたんなことさ！」

イホ・トロトは急いで木の家に駆けこんだ。走行アームをおろすと、グラドの豪華な住居の床にこぶしふたつを力強く叩きつける。すると、床が崩れた。その隙間をハルト人の巨体がさらに広げていく。

「シャフトか！」ドモ・ソクラトも同様に走行アームに身を任せた。

「シャフトだ」イホ・トロトが肯定する。「木の幹が空洞になっている。シャフトは下につづき、グラドはそこに消えたのだ。きっと、地下にはかれらが多くの時間を過ごせるような洞窟があるにちがいない。この地上の家は、ただの休憩場所かもしれない。おそらく、地下に産業施設があるのだろう。獅子頭は、テルツロック人の地下施設との連絡通路をこしらえ、必要なものすべてをそこから調達しているのかもしれない」

「なぜ、グラドがそのようなことをする必要がある？　それは契約違反だ」

「クラナルが同胞種族に、かれらこそがこの大陸の支配者だと思いこませたからだ」イホ・トロトが応じた。

そう告げると、シャフトに跳びこんだ。グラヴォ・パックでゆっくりと下降し、わずか数メートル下にあった不可視の障壁を通過。そのさい、接触により光源が作動する。なめらかな合成素材でできたシャフトの壁が光りはじめた。

「クラナルの件は片づいたと思っていたが」あとにつづくドモ・ソクラトがいう。

「かれの支持者はもういないと確信していたが、どうやらまちがいだったようだな」イホ・トロトも同意した。

速度を上げ、降下しはじめた。このシャフトが少なくとも二百メートルはつづくとわかったから。シャフトの底をふさぐハッチが近づいてくる。速度を落としたが、その瞬間ハッチがゆっくりと開き、明るく照らされた広いテラスの上に出た。そこには、文明生活のあらゆる快適さがそなわっていた。シャフト出口のすぐ横には、長いカウンターとくつろげそうな椅子がならぶバアがあり、少しはなれた場所にはテーブルとさらに多くの椅子が見える。壁には、芸術的価値の高そうな絵画がかかっていた。テラスは巨大ホールの側壁に沿って数百メートルつづき、ホールには多種多様な技術設備が立ちならぶ。なかには最高の産業基準を満たすものもあれば、比較的低い手工業レベルにとどまるものもある。そのあいだには、あらゆる種類の物品が保管され、多くの品物が販売スタンドにならんでいた。

「ここにいたのか」ドモ・ソクラテスが驚いたようすで、テラスの向こうのホールをさししめした。そこでは数千のグラドが、マシンや販売スタンドのあいだでせわしなく動きまわっている。「これがグラドの本当の都市なのか。木の上で原始的野蛮人のように暮らしているとばかり思っていたが」

警報サイレンが鳴りひびき、マシンの作業音がやんだ。多くのグラドが興奮したようすでテラスを見あげ、ハルト人ふたりに注目している。

「暴力クリスタルに影響をおよぼせるようなマシンは見あたらないな」イホ・トロトが無関心そうにいった。テラスのはしに立ち、獅子頭に自分がよく見えるようにする。

「ここには、機能を説明できないようなマシンは一台もなさそうだ」

失望した。問題の解決には一歩も近づいていないことが明白だから。

武装したグラド五十名ほどが階段を駆けあがり、テラスに向かってくる。イホ・トロトはかれらに目もくれない。ライトグリーンの戦闘服を着用した自分は、ほぼ無敵だ。ドモ・ソクラトの装備はそれほど完璧とはいえないものの、獅子頭があえて攻撃をしかけてくるとは思えない。

　グラドにとり、庵室から連れさったテルツロック人の場合は、もっとかんたんだったはず。かれらは不意をつかれ、しかもきわめて無気力だったから、たいした装備がなくとも、かんたんに拉致できただろう。

　イホ・トロトはグラドに数歩近づき、

「クラナルはどこだ」と、がなりたてた。驚いたかれらはあとずさりし、武器をおろす。

「クラナルと話がしたい。ただちにだ」

「クラナルはもう仲間ではない。われわれが追放した」グリーンの目とゴールドのたてがみを持つ男が答えた。目を引くほど大柄だ。「ここはわれらの領地であって、テルツロック人から奪ったわけではない。みずから築きあげたもの。手ばなすつもりはない」

「なにも追いだそうというのではないさ」イホ・トロトが告げた。「ただ、暴力クリスタルの無気力放射をとめたいだけだ」

「それは、われわれには関係ない」グラドが主張した。「クラナルが同胞種族をそそのかし、ビッグ・プラネットで生じた状況を利用しただけだ。われわれがその状況を作りだしたわけでも、変えたわけでもない」

　イホ・トロトは調査結果を伝え、

「つまり、ブリンドールは無関係だ」と締めくくった。「かれらは暴力クリスタルに影響を与えるほど増殖したわけではない。つまり、原因はほかにあるはず」

「ならば、のこるはポスビだけだな」ゴールドのたてがみが応じた。

「その手には乗らないぞ」ドモ・ソクラトが怒りをあらわにいった。一瞬、襲いくる無気力状態から逃れたようだ。「ポスビがそのようなことをするはずがない」

「調べるがいい。そして、もうわれわれにかまわないでくれ」グラドが告げた。「われわれにはまったく関係がない。テルツロック人を島から連れもどせ。もう、かれらのじゃまはしない。たとえ、かれらが完全に無気力になろうとも、われわれはもうなにもせず、ただ静かに過ごしたい」

「そのとおりにしよう」イホ・トロトは約束した。「だが、その前にこのホールを徹底的に調査させてもらう」

「まさに、そう提案しようとしていたところだ」

イホ・トロトは感心した。このゴールドのたてがみを持つグラドは決してひるまない。グラドのあらたなリーダーとして、もっともふさわしいと思えた。

イホ・トロトは、ドモ・ソクラトとともにホールの調査を開始した。ゴールドのたてがみも同行し、ふたりが見たいものを見せてくれた。

それでも、グラドが暴力クリスタルを操作できるような手段はなにひとつ発見できない。

「もう充分だ」二時間後、イホ・トロトが告げた。「われわれを地上にもどしてくれ」

*

イホ・トロトが島から連れもどしたテルツロック人たちは、まだそのままの状態で搭載艇のそばに立っていた。

「どうやら、ここにほかの者たちを連れてくるのは無意味なようだな」ドモ・ソクラトに向かって告げた。「グラドには、必要な世話をすることができないだろうから。それに、連れもどしたところで、この問題はまだ解決しない」

「これからどうするつもりだ?」ドモ・ソクラトが訊いた。

「のこる方法は、ただひとつ。パンタロンと話さなければ」

「もっと早く、そうすべきだった。なぜ、いまさら?」

イホ・トロトは説明した。

「いま、ポスビ船団が銀河系に向かったところで、ペリー・ローダンがそれを望むはずがない。かれには船団を活かす手だてもないだろう。銀河系にポスビ船団を送りこめるだけの充分なパルス・コンヴァーターがないからな。それゆえ、わたしはポスビに対して慎重な態度をとったのだ」

ふたりは、ただ立ちつくすばかりのテルツロック人には目もくれず、搭載艇に乗りこんだ。イホ・トロトは司令室の通信装置をポスビの周波数に切りかえると、パンタロンを呼びだした。生体ポジトロン・ロボットが、ただちに応答する。

「パンタロンと話がしたい」ハルト人が告げた。「すぐにだ。こちらにきてもらいたい」

イホ・トロトは、搭載艇の正確な位置情報を伝えた。

「パンタロンは一時間で到着します」ポスビが応じた。「現在、大陸北部でテルツロック人の支援にあたっていますから」

「急ぐよう、伝えてくれ！」

イホ・トロトは、焦燥感を覚えた。これ以上、ビッグ・プラネットにとどまるつもりはない。行方不明の同胞を探す旅を再開したかった。すでにドモ・ソクラトとグラドから、いくつかの手がかりを得ている。まもなく、アンドロメダに向かい、そこでシュプールを追うことになるだろう。

一時間以上が経過。すると突然、パンタロンが搭載艇に近づいてきた。イホ・トロトはこれを探知し、出迎えるためにエアロックに向かった。

「時間がありません」ポスビは叫び、三本腕を激しく振りまわした。「あのテルツロック人たちが見えませんか？　わたしの助けを必要としています。かれらをほうっておくのは、無責任というもの」

「きみと話がしたい」イホ・トロトが告げた。

「あとにしてください」パンタロンがさえぎった。「テルツロック人の惨状を無視するなんて、心ないことはできません。あるいは、目の前の状況を認めたくないのですか？　われわれの支援がなければ、この哀れな生物は生きのびることができません」

「いいかげんに口を閉じろ！」イホ・トロトがどなりつけた。

「このような惨状を目の前にして、黙っていられません」ポスビが応じ、テルツロック人のひとりに近づくと、肩に腕を置いて約束した。「すべてうまくいきます。心配しないで。われわれ、ポスビがあなたと仲間を助けますから」

「わたしの話を聞いてくれ！」イホ・トロトが告げた。

「この惑星には問題が山積しているのに、あなたはわたしとおしゃべりしたいという」パンタロンが怒りを爆発させた。「なにがあなたをそうさせたのです？　はじめてあなたに会ったとき、きわめて好印象だったのに」

「その褒め言葉に応えるつもりはない」ハルト人が返した。島にはまだ、助けを必要とするテルツロック人がどれほどいるのかをパンタロンに告げたら、どうなることか。考えただけで身震いする。

　おそらく、パンタロンはただちに話を打ちきるだろう。ほかのポスビを呼びよせ、テルツロック人たちの面倒を見るために島に駆けつけるにちがいない。

「あなたは不親切で攻撃的です」パンタロンがきっぱりと告げた。「でも、それでいいのです。むしろ、うれしいくらい」

「うれしいだと？」ドモ・ソクラトが驚いて訊く。そしてイホ・トロトに向きなおり、

「頭がおかしくなったにちがいない」と、いった。

「そのようなことをいうなんて、どうかしています！」ポスビが叫んだ。「うれしいのは、イホ・トロトのためになにかできるから。直接、面倒を見て、心理的問題を解決するのを手伝う。すばらしい任務です。たぶん、これまでで最高の」

「本当におかしくなってしまったようだな」イホ・トロトが告げた。

「すぐにはじめましょう」パンタロンが提案した。「心配ごとを話してください。失踪した同胞種族のことがおもな原因では？」

「これ以上、話をつづけてもむだなようだな」ドモ・ソクラトが口をはさんだ。

「そうでもないさ」イホ・トロトは、司令室にもどろうとする友をとめた。「パンタロンには少なくとも、われわれがペリー・ローダンについて知っている情報を伝えるべきだ。かれがいまどこにいるのか、教えるべきじゃないか？」

「知っていて黙っていたのですか？」パンタロンが叫んだ。「なぜ、そのようなまねを」

「だれも、ペリーについて訊かなかったからだ」

「われわれ、助けが必要なテルツロック人たちに全身全霊を捧げるため、ローダンの捜

索を中断したと話したではありませんか」

「それは覚えているとも」

「ペリー・ローダンの居場所に関する情報があるのですか?」パンタロンが熱心に訊いた。「ローダンについてなにを知っているのですか? 話してください。われわれにとって、ペリー・ローダンに仕えることと以上の使命はありません」

「そのためなら、テルツロック人の世話を放棄するのか?」イホ・トロトが訊いた。

「驚きだ。きみたちがいなくなったら、かれらはどうなる?」

「解決策は、なんとか見つかるでしょう」

イホ・トロトは四本腕を胸の前で組み、搭載艇にもたれかかった。しばらく前から抱いていた疑念が、ますます確信へと変わりつつある。その考えはあまりに途方もないもので、長いあいだ、それに向きあうことを避けてきた。だがいま、その疑念が確信に変わった以上、これを追究せずにはいられない。

「それでは納得できないな」ハルト人はいった。「テルツロック人がどうなるか、知りたい」

「暴力クリスタルを操作し、テルツロック人をもっと活動的にするつもりです」パンタロンが答えた。

ドモ・ソクラトは苦痛の声をあげるかのごとく、うめいた。

「クリスタルを操作できるわけか」イホ・トロトが確認した。

「そう、そのとおりです」ポスビが肯定する。

「でもって、これまでテルツロック人を無気力にするよう操作していたわけだな」

「それも事実です」

「なぜ、そのようなことをした？」ドモ・ソクラトが、どうにか自制しながら訊いた。

「ペリー・ローダンの捜索を中断したとき、われわれにはあらたな任務が必要となりました」パンタロンが説明した。「そこでクリスタルに細工し、無気力インパルスを放射するようにしたのです。テルツロック人は助けが必要な状態となり、われわれはその世話をしはじめました。この関係を説明しなければならないとは！　明白なことだと思っていましたが」

「正気の沙汰じゃない」ドモ・ソクラトがうめいた。「すぐにやめさせなければ」

「ですが、そうすればわれわれにはもう任務がなくなります！」

「ペリー・ローダンは生きている」イホ・トロトが静かに告げた。ほかに選択肢はない。ポスビたちに真実を伝えるしかなかった。この情報を知ったポスビが銀河系に向かおうとする危険があったとしても。とはいえ、ポスビにはパルス・コンヴァーターがない。そうかんたんには銀河系に到達できないだろう。「ペリーは惑星フェニックスにいる」

　これは、かならずしも真実とはいえないが、いまはさほど重要ではない。

「それは吉報です」パンタロンが叫んだ。「とはいえ、あっさりとは信じられません」

「証拠を見せよう」イホ・トロトが応じた。「正確には、船載コンピュータが見せるが。そう伝えておくから。数分後、搭載艇の司令室にきて、自分でシントロニクスに確認するといい。望みどおり、証拠を見せてくれるだろう」

「了解しました」ポスビが応じた。「いますぐ仲間に知らせますね。ペリー・ローダンが生きていて、われわれを待っていると」

イホ・トロトは搭載艇の司令室に向かい、タラヴァトスと連絡をとった。シントロニクスに必要な証拠を用意するよう指示する。もちろん証拠などないが、タラヴァトスなら問題なく捏造できるはず。

実際、パンタロンは船載コンピュータを信じた。まさに興奮しながら司令室を出ていく。イホ・トロトもいっしょだ。

「知らせました」ポスビが叫んだ。「だれもが喜んでいます！」

ポスビたちには、もはや〝世話を焼く〟必要がなくなった。自分たちの存在意義を支える、さらに重要な任務を見つけたからだ。それは、本来の使命……ローダンに仕えることだった。

パンタロンは、すでにフラグメント船から暴力クリスタルを操作したと告げた。

「われわれは数日ここにとどまり、テルツロック人が実際に回復したかどうかを見きわめる」イホ・トロトはそう告げた。いっぽう、パンタロンは搭載艇をはなれ、川の石像の残骸を見にいった。

「これからどうなるか楽しみだな」ドモ・ソクラトが告げた。

「いずれにせよ、一石二鳥だ」イホ・トロトが断定する。「テルツロック人はわれに返り、活動を再開するだろう。そうなれば、銀河系のあらたな支配者と戦う同盟者として頼りにすることもできる」

ドモ・ソクラトは突然、走行アームをおろし、咆哮(ほうこう)をあげるといっきに駆けだした。猛烈な勢いで藪を突きぬけ、枝や泥を空中に舞いあげながら突進する。搭載艇から二百メートルほどはなれたところで一本の木に突っこむと、まるで弾丸のごとく、一メートルもある幹を貫通した。

イホ・トロトは笑った。アトランのもとオービターはどうやら回復し、無気力放射の悪影響を乗りこえたようだ。

ドモ・ソクラトはなかなかもどってこない。さらに遠くから、何度も木に衝突する音が響いた。

「友はどうしたのですか?」パンタロンが不安げに訊いた。

「なんでもないさ」イホ・トロトが満足げに答えた。「回復の最中だ」

「助けは必要ないでしょうか?」

ハルト人は大声で笑い、

「まったく必要ない」と答えた。「かれに向かって、〝助け〟などといわないほうがいい。命が危なくなるぞ」

森は静まりかえり、数分後、ドモ・ソクラトがもどってきた。毅然としたようすで、満足そうだ。どうやら、おちついたらしい。

「すっきりした」友が高らかに宣言した。「これからどうする？　なにをしようか？」

「まだやるべきことがたくさんある」イホ・トロトが応じた。「テルツロック人を島から連れもどさなければ」

「われわれが？」ドモ・ソクラトが訊いた。「それは、ポスビの役目ではないか？　なんといっても、友たちが島にいるのはかれらのせいなのだから。たとえ、間接的であれ」

「われわれが引きうけます」パンタロンがうれしそうに叫んだ。「もちろんです。島にはテルツロック人が何人いるのですか？　必要なだけ反重力プラットフォームを作ります。全員を大陸に連れもどさないと」

「きみたちなら……」ドモ・ソクラトがいいかけたが、イホ・トロトの警告するような視線に気づき、口をつぐんだ。たしかに、ポスビが時間をかけて行動してくれたほうが都合がいい。島に巨大なフラグメント船を着陸させて、全員を一度に大陸に運ぶことができれば、そのほうがずっとかんたんだ。とはいえ、島のテルツロック人にはまだ休息が必要だし、ポスビたちが手間どれば手間どるほど、別の問題を起こす危険性も減るだろう。

イホ・トロトはパンタロンに、まだ島にいるテルツロック人の数とその位置を教え、「反重力プラットフォームを使うのは、いい考えだな」と、称讃するようにいった。

「そのあいだに、ドモ・ソクラトとわたしは探検の準備をしよう」

「どのような探検ですか？」パンタロンが訊いた。

「わたしも知りたいものだ」ドモ・ソクラトがつけくわえた。

「失踪した同胞種族の謎を解明する」イホ・トロトが目を輝かせて告げた。「アンドロメダに向かい、そこで捜索を開始するつもりだ。あるいは、ここテルツロックにのこりたいか、ドモ・ソクラト？」

アトランのもとオービターは、すぐに決断した。アンドロメダ銀河で同胞種族を探す計画については、すでにイホ・トロトから熱心に聞かされていたから。

「もちろん、いっしょに行くとも。同胞種族を探すこと以上にすばらしく、重要な役目は思い浮かばない。きみのいうとおり、手がかりはアンドロメダにある」

「そして、わたしは同胞種族がまだ生きていると信じている」イホ・トロトが告げた。「ハルト人が滅びたという伝説は嘘だ」

「すばらしい！」パンタロンが甲高い声で叫んだ。「われわれも同行しましょう」

「なんだって？」イホ・トロトが驚いたようすでポスビを見つめた。

「なんとすばらしい任務でしょう」ポスビが興奮したようすでいった。「断る理由などありません」

「だれも頼んでいないぞ！」

「それでもかまいません」ポスビが寛大に応じた。「あなたがたといっしょに行くつもりです」

「だが、〝乳母〟としてでは困る」ドモ・ソクラトが告げた。

「もちろん、〝乳母〟ではなく……オービターとして」

「オービターとしてだと？」ドモ・ソクラトが驚いた。「なぜ、そのような考えを？」

「いつだったか通信で、あなたがアトランのオービターだったと聞きました。その言葉が気に入ったのです。これからは、わたしがあなたのオービターになります」

パンタロンは、ペリー・ローダンが生きているという知らせに大いに興奮し、すでに計画を立てはじめていた。アンドロメダに移住してそこで中央プラズマの世話に一生を捧げているほかのポスビたちにも、この喜ばしい知らせを伝えたい。それを夢見ているようだ。

「仲間を全員、集めます。そしてイホ・トロト、あなたがわれわれを銀河系への壮大な巡礼に導いてくれるというわけです」

「そんなに急かさないでくれ」ハルト人がいった。「かんたんに銀河系にもどれるわけではない。不可視の壁がそれをはばんでいるのだ。まずはアンドロメダに向かい、それから考えよう」

「わたしも連れていってくれるのですか？」パンタロンが待ちきれないようすで訊いた。

「きみもいっしょだ」イホ・トロトが約束した。「テルツロック人を島から大陸に運び終わったら、すぐに出発しよう」

「あすですね！」パンタロンが歓声をあげた。「あす、われわれはアンドロメダに向かって飛びたつのです」

あとがきにかえて

林　啓子

　今回、翻訳を担当させていただいた〈ローダン〉シリーズ七二九巻前半の一四五七話「トプシドの秘密兵器」は、三十五年前の一九八九年七月二十五日に本国ドイツで刊行された。和暦では平成元年。巳年。ベルリンの壁が崩壊し、冷戦が終結した、世界史の大きな転換点となった年だ。

　前半には、核兵器、ヒロシマ、幸福の象徴といわれる青い鳥、といったキイワードが出てくる。六六四巻後半の一三二八話「死者のハーモニー」でローダン・ヘフト版に初登板し、巻末の〝あとがきにかえて〟でご紹介した作家ロベルト・フェルトホフの、平和を祈る声が聞こえてくるような作品だ。

　今年のノーベル平和賞は、日本被団協（日本原水爆被害者団体協議会）が受賞した。

このあとがきを書いている本日、二〇二四年十二月十日にその授賞式がノルウェーの首都オスロで開催される。

ん？　なぜ、スウェーデンのストックホルムではなく、ノルウェーのオスロなのか？　気になると、調べずにはいられない。こうして、ネットサーフィンの旅がふたたび始まった。恐縮ながら、ここから先の情報は必ずしも正確なものとはかぎらない。ご容赦いただければ幸いだ。


ノーベル賞は、スウェーデンの発明家アルフレッド・ノーベルの遺志にもとづき、一九〇〇年にノーベル財団が設立、一九〇一年に第一回授賞式が行われた。現在は、物理学、化学、生理学・医学、文学、平和の五分野プラス経済学の全六分野において毎年それぞれ最大三名まで（文学賞のみ原則一名）の「人類に最大の貢献をもたらした」個人（平和賞のみ団体も含む）に贈られる。

受賞者は、各賞ごとに異なる学術機関や組織が選考し、決定する。物理学、化学、経済学賞はスウェーデン王立科学アカデミー、生理学・医学賞はスウェーデンの医科大学カロリンスカ研究所、文学賞はスウェーデン・アカデミー、平和賞はノルウェー・ノーベル委員会が選考にあたる。

受賞者選考のおもな流れは次のとおり。まず、各賞のノーベル委員会が、毎年九月に該当分野の専門家や過去の受賞者に推薦依頼状を送る。翌年一月末に推薦を締めきり、委員会や委託された専門家が候補者を絞りこむ。その後、候補者について徹底的な調査を進め、厳しい審査と選考の末、毎年十月に各委員会メンバーの投票による多数決で受賞者を決定し、発表する。

授賞式は、ノーベルの命日である十二月十日に開催。平和賞以外の五部門はストックホルムのコンサートホールで、平和賞のみノルウェーの首都オスロの市長舎で賞金・賞状・メダルが授与される。

これは、平和運動を支援していたノーベルが当時の社会事情に鑑み、平和賞の選考をノルウェーに託すことで、より公平で客観的な授与を望んだためらしい。

ノーベル平和賞は、国際紛争の解決や人権擁護、環境保護など、人類の平和に貢献した個人や団体に贈られる。とりわけ近年では、核兵器廃絶、地球環境保護、人権擁護など、世界が直面する問題への取りくみを評価する場として、その意義を一層強めたといわれている。

平和賞の受賞者予測は、現地ノルウェーの報道機関のもっとも得意とするところ。それでも今年にかぎっては、日本被団協の受賞にだれもが驚愕したらしい。昨今の中東情勢やウクライナ情勢を踏まえ、それに関連した平和貢献者や団体が有力候補とされていたからだ。

日本被団協を候補者として挙げていた識者や報道機関は、皆無だったという。だれの推薦によるものかも、その選考過程も受賞の五十年後まで公表されることはない。

おおかたの予想を裏切り、なぜ日本被団協が選ばれたのか。

受賞理由として、長年にわたる被爆者の証言活動が挙げられた。核兵器廃絶を願う被爆者の声を、唯一の戦争被爆国である日本から世界に向けて発信しつづけてきた、その地道な活動が認められたのだ。「過去に起きた出来ごとを正確に理解するためには、歴史の証言こそが大きな役割を果たす。長年の努力によって、何万人もの体験が、国際社会に生きるわれわれの〝共通の記憶〟として受け継がれているのは意義深い。核兵器使用の脅威が高まるいまこそ、この記憶としっかり向きあうべきだ」と。

さらに、日本の若い世代が核兵器廃絶運動を引き継いでいることも高く評価された。「高校生が被爆者本人の証言にもとづき、原爆投下直後のようすを絵に描くなど、世代を超えて〝記憶が継承〟されている。新しい世代が高齢の証人たちとともに、世界中の人々を鼓舞している。核戦争は文明を破壊しかねない。われわれが未来に引き継ぐべきものは平和であり、核兵器ではない」と。

二〇二四年、ノーベル平和賞の受賞者を選出するノルウェー・ノーベル委員会に史上最年少の新委員長が誕生した。

一九八四年生まれのヨルゲン・ヴァトネ・フリドネス氏は、就任当時三十九歳。オスロ大学で政治学を専攻し、イギリスのヨーク大学で国際政治の修士号を取得。二〇二一年にノルウェー国会の指名を受け、ノーベル委員会メンバーとなる。二〇二四年に、自身を含む五名の委員をまとめる委員長に就任。

リーダーが変われば、時代も変わる。

いかにノルウェーという国は、若いリーダーをはぐくむ土壌をそなえた国なのか。国民幸福度や生産性、ビジネス効率性など、さまざまな分野で高い評価を受けている北欧諸国の魅力をあらためて感じた。

今回の日本被団協の平和賞受賞は、公式発表された受賞理由のほかにも、委員長の交代、政治的関係の変化などが相まって実現したといわれている。

ノーベル平和賞は国際機関が授与するものとはいえ、どうしてもノルウェー事情が絡んでくるのが現実のようだ。大国の顔色をうかがわない選考は、いかに難しいものか。

ノルウェーは小国で、ロシアと近接し、NATO加盟国でもある。新委員長も「ノーベル平和賞は、もともと〝政治的〟なもの」と、はっきり口にしている。

つねに平和と民主的対話をめざして活動をつづけてきたフリドネス氏は、「責任を取る委員長でありたい」と、語る。

ノーベル平和賞というものは、時に物議となる受賞者を生みだすこともある。将来、受賞者が道を踏みはずすこともある。それでも、平和賞を授与した歴史は撤回できない。選出を後悔している受賞者はいるか？　それは、歴代の委員長が繰り返し問われる質問だ。

「われわれは、過ちを犯すこともある。それでも、その時点でもっともふさわしいと思われる受賞者を選ぶ。わたしは、つねに勇気をもって決定するリーダーでありたい」

若き新委員長は、そう語っていた。

そういえば、似たような言葉を勤務先の、先週来日したドイツ本社の新CEOから聞いた気がする。彼女は、四十三歳のスウェーデン人。二児の母。これまでの歴代ドイツ人社長とは真逆のタイプに見える。肩肘張らず、飾らない、ありのままのその姿がまさに新時代のリーダーそのものだった。

リーダーが変われば、時代も変わる。

二〇二四年十二月十日　師走の東京にて

ミッキー7

MICKEY7

エドワード・アシュトン
大谷真弓訳

使い捨て人間（エクスペンダブル）――それがミッキーの役割だ。氷の惑星でのコロニー建設ミッションにおいて危険な任務を担当し、死ぬたびに過去の記憶を受け継ぎ新しい肉体に生まれ変わる。だがある任務から命からがら帰還すると次のミッキーが出現していて……!? 極限状況下でのミッキーの奮闘を描くSFエンタメ！ 解説／堺三保

ハヤカワ文庫

ブレーキング・デイ
―減速の日―（上・下）

Braking Day

アダム・オイェバンジ
金子 司訳

植民船団がＡＩ統制下の地球を脱出して百三十二年。三隻の世代宇宙船は目的地到着を前にドライヴ機関を再稼働させる〝減速の日〟の準備に追われている。そんななか機関部訓練生ラヴィは宇宙空間で一人の少女を見かけた……宇宙服なしの姿で⁉　世代宇宙船を舞台に新鋭が鮮やかに描く驚嘆の物語。解説／鳴庭真人

ハヤカワ文庫

訳者略歴　獨協大学外国語学部ドイツ語学科卒，外資系メーカー勤務，通訳・翻訳家　訳書『カンタロ捕獲作戦』フランシス＆グリーゼ，『戦闘部隊ラグナロク』グリーゼ＆シドウ（以上早川書房刊）他多数

HM=Hayakawa Mystery
SF=Science Fiction
JA=Japanese Author
NV=Novel
NF=Nonfiction
FT=Fantasy

宇宙英雄ローダン・シリーズ〈729〉

トプシドの秘密兵器

〈SF2467〉

二〇二五年一月　二十日　印刷
二〇二五年一月二十五日　発行
（定価はカバーに表示してあります）

著者　ロベルト・フェルトホフ　H・G・フランシス
訳者　林（はやし）啓（けい）子（こ）
発行者　早川　浩
発行所　株式会社　早川書房
郵便番号　一〇一 - 〇〇四六
東京都千代田区神田多町二ノ二
電話　〇三 - 三二五二 - 三一一一
振替　〇〇一六〇 - 三 - 四七七九九
https://www.hayakawa-online.co.jp

乱丁・落丁本は小社制作部宛お送り下さい。
送料小社負担にてお取りかえいたします。

印刷・信毎書籍印刷株式会社　製本・株式会社明光社
Printed and bound in Japan
ISBN978-4-15-012467-0 C0197